新潮文庫

# 天平の甍

井上　靖著

新潮社版

1613

# 天平の甍《いらか》

# 一　章

朝廷《ちょうてい》で第九次遣唐使《けんとうし》＊発遣《はっけん》のことが議せられたのは聖武《しょうむ》天皇＊の天平《てんぴょう》四年（西紀七三二年）で、その年の八月十七日に、従四位上多治比広成《じゅしいのじょうたじひのひろなり》が大使に、従五位下中臣名代《なかとみのなしろ》が副使に任命され、そのほか大使、副使と共に遣唐使の四官＊と称《よ》ばれている判官、録事が選出された。判官は秦朝元《はたのちょうげん》＊以下四名、録事も四名である。そして翌九月には近江《おうみ》、丹波《たんば》、播磨《はりま》、安芸《あき》の四カ国に使節が派せられ、それぞれ一艘《そう》ずつの大船の建造が命じられた。

大使多治比広成は文武朝《もんむちょう》の左大臣嶋《しま》の第五子で、兄の県守《あがたもり》は養老年間に遣唐押使《おうし》＊として渡唐《ととう》している。広成は下野守《しもつけのかみ》、迎新羅使《げいしらぎし》の左副将軍、越前守《えちぜんのかみ》等を歴任して、こんど新たに渡唐大使の大任を帯びたわけであった。副使の中臣名代は鎌足《かまたり》の弟垂目《たるめ》の孫で、島麻呂《しままろ》の子である。

この年のうちに、遣唐使の主要人員は決定され、正式の任命をみた。知乗船事《ちじょうせんじ》、訳《お》語《さ》、主神《しゅしん》、医師《くすし》、陰陽師《おんようじ》、画師、新羅訳語、奄美《あまみ》訳語、卜部《うらべ》等の随員《ずいいん》を初めとして、都匠《としよう》、船工《せんこう》、鍛工《たんこう》、水手長《かこおさ》、音声長《おんじようおさ》、音声生《じよう》、雑使《ざつし》、玉生《ぎよくじよう》、鋳生《ちゆうじよう》、細工生《さいくじよう》、船匠《せんしよう》等の規定の乗組員から水手《かこ》、射手《いて》*の下級船員まで総員五百八十余名。

ただこの遣唐使派遣の最も重要な意味をなす留学生、留学僧《りゆうがくそう》の銓衡《せんこう》だけは、年内には決まらないで翌年に持ち越《こ》された。もともと時の政府が莫大《ばくだい》な費用をかけ、多くの人命の危険をも顧《かえり》みず、遣唐使を派遣するということの目的は、主として宗教的、文化的なものであって、政治的意図というものは、若《も》しあったとしても問題にするに足らない微少《びしよう》なものであった。大陸や朝鮮《ちようせん》半島の諸国の変遷《へんせん》興亡は、その時々に於《お》いて、いろいろな形でこの小さい島国をも揺《ゆ》すぶって来ていたが、それよりこの時期の日本が自《みずか》らに課していた最も大きい問題は、近代国家成立への急ぎであった。中大兄皇子《なかのおおえのおうじ》に依《よ》って律令《りつりよう》国家としての第一歩を踏《ふ》み出してからまだ九十年、仏教が伝来してから百八十年、政治も文化も強く大陸の影響《えいきよう》を受けてはいたが、何もかもまだ混沌《こんとん》として固まってはいず、やっと外枠《そとわく》ができただけの状態で、先進国唐から吸収しなければならないものは多かった。人間の成長でいえば少年から青年への移行期であり、季節でいえばどこかに微《かす》かに春の近い気配は漂《ただよ》っているが、まだまだ大気の冷たい三月の初めといったところであろうか。

平城京《へいじようきよう》*はその経営に着手されてから二十三年、唐都長安《ちようあん》*を模したという南北各九条、東西各四坊の整然たる街衢《がいく》は一応完成はしていたが、都の周辺には夥《おびただ》しい流民が屯《たむ》ろし、興福寺、大安寺《だいあんじ》、元興寺《がんごうじ》、薬師寺、葛城寺《かつらぎでら》、紀寺《きのてら》を初めとして四十余寺が建《こん》立《りゅう》されていたが、壮大《そうだい》な伽藍《がらん》には空疎《くうそ》なものが漂い、経堂《きょうどう》の中の経典の数も少かった。

年が改まると、全国から選ばれた精進潔斎《しょうじんけっさい》の僧侶《そうりょ》九人が、こんどの渡唐の成功を祈《いの》るために、香椎宮《かしいのみや》、宗像《むなかた》神社、阿蘇《あそ》神社、国分寺*、神宮寺《じんぐうじ》*等に送られ、五畿《き》七道*に於ては海神の怒《いか》りを和《やわ》らげるための海竜王経《かいりゅうおうぎょう》*が読誦《どくじゅ》され、伊勢神宮を初めとする畿内七道諸社には奉幣使《ほうへいし》*が派遣された。

大安寺の僧普照《ふしょう》、興福寺の僧栄叡《ようえい》の二人に、思いがけず留学僧として渡唐する話が持ち出されたのは、二月の初めであった。二人は突然《とつぜん》、当時仏教界で最も勢力を持っているといわれていた元興寺の僧隆尊《りゅうそん》*の許《もと》に呼び出されて、渡唐する意志の有無を訊《たず》ねられた。普照も栄叡も、隆尊と親しく言葉を交えたのはこの時が初めてであった。二人とも隆尊の華厳《けごん》*の講義を聞いたことはあったが、平生は傍《そば》へも近寄れぬ相手であった。

栄叡は大柄《おおがら》で、いつも固い感じのごつごつした体を少し折り曲げて猫背《ねこぜ》にしており、顔には不精髭《ぶしょうひげ》を生やしていることが多く、一見すると四十歳《さい》近くに見えたが、まだ三十歳を過ぎたばかりであった。普照の方は栄叡よりずっと小柄で、貧弱《ひんじゃく》な体を持ち、年齢《ねんれい》も二つ程《ほど》若かった。

栄叡は隆尊の話を聞くと、すぐ、よし行ってやるといった不遜《ふそん》とでも解されそうな態度で応諾《おうだく》したが、普照の方は返事をするまでに多少時間がかかった。普照は隆尊の顔を覗《のぞ》き込《こ》むようにして、一体唐へ渡《わた》って何を学んだらいいのかと訊ねた。普照らしい質問であった。何も生命を賭《か》けてまでして唐土を踏まなくても、勉学はどこででもできる筈《はず》である。自分は今までにそれをして来ている。そのように、普照のひどく冷たい印象を人に与《あた》える二つの小さい眼《め》は語っていた。これまで若手の秀才といえば、いつも普照の名が挙げられて来たが、秀才という言葉を普照は軽蔑《けいべつ》していた。自分はただ殆《ほとん》ど一日中机から離《はな》れないでいるだけだと思った。

二人の全く型の異《こと》なった若い僧侶に、隆尊は持前のおだやかな口調で説明した。日本ではまだ戒律《かいりつ》*が具《そな》わっていない。適当な伝戒の師を請《しょう》じて、日本に戒律を施行《しこう》したいと思っている。併《しか》し、伝戒の師を招くと一口にいっても、それは何年かの歳月を要する仕事である。招《よ》ぶなら学徳すぐれた人物を招ばなければならないし、そうした人物に渡日を承諾させることは容易なことではあるまい。併し、次の遣唐使が迎《むか》えに行くまでには十五、六年の歳月がある。その間には二人の力でそれが果せるだろう。

普照は伝戒の師を請ずるのにそれだけの長い歳月が必要だという隆尊の言葉に驚《おどろ》か

されたが、伝戒の師の選択《せんたく》には、それだけこちらにも具わったものができていなければならないであろうし、またこちらで白羽《しらは》の矢を立てた人物の招聘《しょうへい》を実現するには、人と人との関係も何かとものを言って来るであろう。そうした立場を作るためにはどうしても十数年の唐土の生活が必要になって来る。そのようなことを隆尊は言っているのであろうと思った。この時、普照が入唐《にっとう》の話を承諾する気になったのは、十数年という長期に亘《わた》る唐土の生活が許されるということのためであった。もっと短期の還《げん》学僧《がくそう》としての入唐なら、そのために一つしかない生命を賭ける気にはならなかったが、それほど長期の入唐なら、一《いち》か八《ばち》かの危険を冒《おか》して遣唐船に乗り込むことも強《あなが》ち悪いことではないと思われた。

隆尊の許を辞した二人は、早春の陽《ひ》が散っている興福寺の境内《けいだい》で語り合った。栄叡はさすがに多少昂奮《こうふん》している様子で、いつもより少し早口に喋《しゃべ》った。彼《かれ》はこんどのことは知太政官事《ちだじょうかんじ》舎人《とねり》親王*と隆尊との相談の結果持ち上がった話に違《ちが》いないと見ていた。課役《かえき》*を免《まぬか》れるために百姓《ひゃくしょう》は争って出家し、流亡《るぼう》していた。ここ何十年間かそうした社会現象を食いとめるために、幾《いく》十かの法律が次々に出されていたが、効果は一向に上がっていなかった。問題は百姓ばかりではなかった。僧尼《そうに》の行儀《ぎょうぎ》の堕落《だらく》もまた甚《はなは》だしく、為政者《いせいしゃ》の悩《なや》みの種になっていた。僧尼令*二十七条という僧尼の身分資格を規定した法令も出ているが、実際にはそんなものは無力でしかなかった。仏教に帰入した者の守るべき規範《きはん》は何一つ定まっていず、比丘《びく》および比丘尼《びくに》の受けるべき具足戒《ぐそくかい》*は三師《さんし》七証《しちしょう》（戒場に参会する十人の師僧）の不足で行われていない。目下のところでは仏徒は自誓受戒《じせいじゅかい》するか、三聚浄戒《さんじゅじょうかい》*を受ける程度で放埓《ほうらつ》に流れ次第《しだい》である。これらの仏徒を取り締まるのは、まず唐より傑《すぐ》れた戒師《かいし》を迎えて、正式の授戒制度を布《し》くことである。人為的な法律は無力であり、仏徒が信奉《しんぽう》する釈迦《しゃか》の至上命令を以《もっ》てこれに臨《のぞ》むほかはなかった。正しい戒儀を整えるのが、現在の日本の仏教界で一番必要であることは誰《だれ》の眼にも明らかであった。こんどの遣唐使派遣の機に、二人の青年僧を渡唐させようとする舎人親王や隆尊の意図もここにあるわけであった。

「少くともわれわれの使命はわれわれ二人の生命を賭けるだけの価値はあるようだな」

栄叡は言ったが、普照の方は黙《だま》っていた。いつも、自分自身のことしか彼は頭の中になかった。戒師を招ぶことがどのような意味を持つかということにはあまり興味はなかった。それより十五、六年間に自分が学び得る経典の量の方が遥《はる》かに重要な問題であった。その経典の重さが普照には実際に感じられるような気がした。そしてそのことが普照の冷たい眼を多少いつもとは違った憑《つ》かれたようなものにしていた。

栄叡は美濃《みの》の人、氏族詳《つまびら》かならず、興福寺に住す。機捷神叡《きしょうしんえい》にして論望当り難《がた》し、瑜伽唯識《ゆがゆいしき》*を業《わざ》となす。――渡唐前の栄叡については、『延暦僧録《えんりゃくそうろく》』*に依って、これだけのことを知るのみである。同じように渡唐前の普照については、興福寺の僧であり、一に大安寺の僧だともいわれていたという甚だ頼《たよ》りない短い記述だけが、われわれに残されている。併し、それでも普照の方は、『続日本紀《しょくにほんぎ》』*に「甲午《きのえうま》、授正六位上白猪与呂志女従五位下、入唐学問僧普照之母也」という一条があって、彼の出生の一端《いったん》におぼろげながら一つの照明が当てられている。即《すなわ》ち普照の母は白猪《しらい》氏で、名は与呂志《よろし》女《め》、天平神護《てんぴょうじんご》二年（西紀七六六年）二月八日に、正六位上から従五位下を賜《たまわ》っている。白猪氏の祖は百済《くだら》の王辰爾《じんに》の甥《おい》であり、その一族には外国関係のことに携《たずさ》わった者が多いことが知られている。

大使広成が拝朝して節刀*を受けたのは閏《うるう》三月二十六日であった。節刀は帰国後返還するもので、これを受けることは、準備がここに全く成って、今や渡唐大使として全権を委任されたということを意味し、それと同時に日和《ひより》さえよければ待ったなしで解《かい》纜《らん》しなければならぬ立場に置かれることでもあった。

これに先立って、三月一日に広成は山上憶良《やまのえのおくら》を訪ねている。憶良は曾《かつ》て大宝二年の第七次の遣唐使の一行に少録として参加しており、渡唐の経験者でもあり、広成の兄とも親しかったので、広成はそんな関係で挨拶《あいさつ》に出向いたのであろう。憶良は三月三日広成に長歌と反歌二首を贈っている。

神代より　言《い》ひ伝《つ》て来《け》らく　そらみつ　倭《やまと》の国は　皇神《すめかみ》の　厳《いつく》しき国　言霊《ことだま》の
幸《さき》はふ国と　語り継《つ》ぎ　言ひ継がひけり　今の世の　人も悉《ことごと》　目の前に　見たり
知りたり　人多《さは》に　満ちてはあれども　高光る　日の朝廷《みかど》　神《かむ》ながら　愛《めで》の盛《さか》り
に　天《あめ》の下《した》　奏《まを》し給ひし　家の子と　撰《えら》び給ひて　勅旨《おほみこと》　戴《いただ》き持ちて　唐《もろこし》の　遠
き境に　遣《つかは》され　罷《まか》り坐《いま》せ　海原《うなはら》の　辺《へ》にも奥《おき》にも　神《かむ》づまり　領《うしは》き坐《いま》す　諸《もろもろ》
の　大御神たち　船舳《ふなのへ》に　導き申《まを》し　天地《あめつち》の　大御神たち　倭《やまと》の　大国霊《おほくにみたま》　ひさ
かたの　天《あま》の御空《みそら》ゆ　天翔《あまがけ》り　見渡し給ひ　事了《ことをは》り　還《かへ》らむ日は　またさらに
大御神たち　船舳《ふなのへ》に　御手《みて》うち懸《か》けて　墨縄《すみなは》を　延《は》へたる如《ごと》く　あちかをし　値《ち》
嘉《か》の岬《さき》より　大伴《おほとも》の　御津《みつ》の浜辺《はまび》に　直泊《ただは》てに　御船《みふね》は泊《は》てむ　恙無《つつみな》く　幸《さき》く坐《いま》
して　早帰りませ

大伴の御津《みつ》の松原かき掃《は》きて吾《われ》立ち待たむ早帰りませ

難波津《なにはづ》*に御船泊《は》てぬと聞《きこ》え来《こ》ば紐《ひも》解き放《さ》けて立走《たちばし》りせむ

反歌のあとの方は、夫の留守を守る広成の室に贈ったものであった。

四月二日早暁《そうぎょう》、広成らは憶良の歌にある難波津へ向けて、奈良の都を発《た》った。一行の大部分はすでに出航地難波津に集まっていて、この日奈良から発ったものは広成ら騎馬《きば》の一団三十名ばかりであった。普照、栄叡らもこの一団の中に居た。寺々からは海路平安を祈念《きねん》する鐘《かね》が鳴り響《ひび》いていて、暁《あかつき》の冷たい風も、漸《ようや》く緑の濃《こ》さを増している山野の眺《なが》めも、一行の誰にも特別なものに思われた。

道は大和平野を突《つ》っ切って、真直《まっす》ぐに北西へ伸《の》びている。一行は王子*を経て竜田山《たつたやま》を越え、この日は国府《こふ》で泊《とま》り、翌日国府を発って、午《ひる》少し前に難波の旧都へはいった。ここは九年前の神亀《じんき》元年から離宮《りきゅう》の修営工事が始められ、それが未《いま》だに引き続いて行われていて、ところどころに廷臣たちの邸宅《ていたく》が新しく造築されつつあった。初夏の光が白っぽく幾つかの工事場に散っている地帯を抜《ぬ》けると、やがて商舗《しょうほ》の立ち並《なら》ぶ繁華《はんか》地区へはいった。一行は幾つかの橋を渡った。そして最後の橋を渡った時、急に潮の香《か》を含《ふく》んだ風が真向いから吹《ふ》きつけて来るのを感じた。このあたりから左手の丘《おか》の中腹に難波館が見え、この方は建物の朱《しゅ》と青の色が鮮《あざ》やかだが、続いて新羅館、高麗《こうらい》館、百済館といった今は名前ばかりの古い建物が見え始め、その丘の尽《つ》きる前方には蘆《あし》が一面に生《お》い茂《しげ》った港の一部が望まれた。

間もなく一行は港にはいった。曾て三韓《かん》との交通華《はな》やかだった当時の殷賑《いんしん》さは偲《しの》ぶべくもないが、それでも蘆の間からは、林のように立ち並んでいる何百という帆柱《ほばしら》が見えた。港といっても、ここはもともと何本かの川の河口が一緒《いっしょ》になった外海への出口で、潮と真水とがぶつかり合っている広い水域には、夥しい数の大小の島や洲《す》が散らばり、そこに密生している蘆は一見港湾《こうわん》全部を埋《う》めているように見えていた。ここに出入する船は、その蘆の生い茂っている島や洲の間を通るわけだが、船着場の方から見ていると、蘆の間を滑《すべ》って来るものとしか見えない。蘆の間には点々とたくさんの澪標《みおつくし》が立っており、その何本かには小さい鳥がとまっていた。その鳥の白さが、今日ここから遠く異境に旅立って行く人々の眼に滲《し》みた。

船着場には異変が起きていた。切岸にはかなりの距離《きょり》を措《お》いて四艘の大船が繋《つな》がれ、見送人や見物人がその辺りに犇《ひし》め《め》き合っていた。船着場の入口には縄張《なわば》りがしてあり、見送りの家族の者だけがその内部へはいることを許されている。縄張りの中だけでも二千人程の人間が居るであろうか。女の多いのが目立っている。老婆《ろうば》も、若い女も、子供も居る。縄張りの外の見物人はもう少し多く、こちらには流人《るにん》や乞食《こじき》の姿も混じっている。時折、読経《どきょう》と祝詞《のりと》の声がその船着場の混乱と騒擾《そうじょう》の中から、急に大きく盛《も》り上がっては聞えて来ていた。

旅人の宿りせむ野に霜《しも》ふらば吾《わ》が子羽《は》ぐくめ天《あめ》の鶴群《たづむら》。——という万葉集の巻の九の歌は、この時の遣唐船に一人子を送り込んだ母親の歌である。もう一つ巻八に笠朝《かさのあ》臣金村《そんかなむら》*がこの日の入唐使に贈った歌が載《の》っている。波の上ゆ見ゆる小島の雲隠《がく》りあな息づかし相別れなば。——併し、これは夫を送る妻の歌で、笠金村が知人のために代作してやったものであろう。

　大使広成ら三十人の、昨朝都を発って来た一団は、船着場の一角で公私の見送人たちとの挨拶をすませると、こんどはそれぞれ違った船に乗って旅立つ自分たちだけで互《たが》いに水盃《みずさかずき》をした。

　四艘の船は、いずれも長さ十五丈《じょう》、幅《はば》一丈余の大船で、百三、四十人の乗員ならそう窮屈《きゅうくつ》ではなく収容できる大きさだったが、造った国が違うだけに、少しずつ形が異っていた。大使広成の乗る第一船は船の中央部が相当に広くなっており、副使中臣名代の乗る第二船はそれに較《くら》べるとずっと狭《せま》かった。それから船中に設けられてある屋形の恰好《かっこう》もその位置も異っていた。判官の乗り込む第三、第四の船は、これらの船だけが殆ど舷側《げんそく》をつけるように繋留《けいりゅう》されてあったが、船尾《せんび》の形はまるで違っていた。第三船のそれは竜《たつ》のおとし子宛《さなが》らに大きく反り曲っていて、第四船よりも一間程高かった。

乗組員の誰にも、自分の乗る船が他よりいいか悪いかは判断できなかった。これはこれらの船の建造を受け持った造船使《ぞうはくし》長官にも次官にも判《わか》らなかったし、直接木材を刻んだ近江、丹波、播磨、安芸の四カ国の船大工たちにも見当がつかなかった。ただどの船も帆柱だけは船の中央部に付けられてあった。百済船の様式をとったもので、帆柱が船の中央部より外れたところにある唐の船とは違っていた。日本の船大工たちは漠然《ばくぜん》と昔から関係の深かった百済の船の方に信用を持っていたのであった。

夕方、四艘の大船は潮の満ちて来るのを待って難波津の波止場《はとば》を離れた。岸を離れると、見送りの人々の眼には、船はどれもそのまま蘆の間に傾《かたむ》き沈《しず》んでしまいはしないかと思われる程重たげに見えた。どの船もそれぞれ百五十人近い人間と、それらの食糧《しょくりょう》と、滞在費《たいざいひ》に充《あ》てる物資と、衣料、医薬、雑貨の類と、それから唐の朝廷へ献《けん》ずる莫大な貢物《みつぎもの》とを満載《まんさい》していた。見送人のどよめきは船が岸を離れる時だけで、あとは船着場は寧《むし》ろひっそりとした表情を取った。四艘の船が全く港湾を出るには一刻《とき》ほどの時間がかかった。

四月三日難波津を発航した四船は武庫《むこ》、大輪田泊《おおわだのとまり》、魚住泊《なきずみのとまり》、韓泊《からどまり》、檉生泊《むろふのとまり》、多麻《たま》の浦《うら》、神島《こうのしま》、備後長井浦《びんごのながいのうら》、安芸風速浦《あきのかざはやのうら》、長門浦《ながとのうら》、周防国麻里布浦《すおうのくにまりふのうら》、熊毛浦《くまげのうら》、豊前分間浦《ぶぜんわくまのうら》等の内海の港々に、あるいは寄港し、あるいは碇泊《ていはく》して、その月の中頃《なかごろ》に筑紫《つくし》の大津浦に到着《とうちゃく》した。そしてこの本土に於ける最後の港で、四艘の船は順風を待つために何日かを過した。

そして愈々《いよいよ》、広成の一行が大津浦を発航して外海へ乗り出したのは、節刀を受けてから約一月経《た》った四月の終りであった。

大津浦からは唐に渡るには二つの航路があった。天智《てんじ》天皇の第五次遣唐船まではいつもここから壱岐《いき》、対馬《つしま》に向い、更《さら》に南朝鮮の西海岸に沿って北上し、渤海湾《ぼっかいわん》口を横断、山東の萊州《らいしゅう》か登州《とうしゅう》のいずれかに上陸して、それから陸路を南下して洛陽《らくよう》*より長安にはいっていた。併し、これは南朝鮮が日本の勢力範囲《はんい》にあって初めてその安全が保証される航路で、新羅《しらぎ》が半島を統一してからは、否応《いやおう》なしにほかの航路に依《よ》らなければならなくなっていた。第六次以後の三回はいつも大津浦を発つと西航して、壱岐海《かい》峡《きょう》を過ぎ、肥前《ひぜん》値嘉島《ちかのしま》に出て、そこから信風を得て一気に東支那《ひがししな》海《かい》を横断、揚子《ようす》江《こう》を中心とする揚州、蘇州《そしゅう》の間のどこかへ漂着《ひょうちゃく》するという方法が採られていた。勿論《もちろん》広成らの場合もこの航路に依ろうとしていた。

普照《ふしよう》と栄叡《ようえい》の乗り込んだ船は、判官秦朝元の第三船であった。同じこの船にもう二人の留学僧が乗っていた。一人は名を戒融《かいゆう》、一人は玄朗《げんろう》といった。戒融は一人だけ発航当日に大津浦から乗り込んで来た筑紫の僧侶で、普照と同年配であったが、大柄な体のどこかに傲慢《ごうまん》なものをつけていた。玄朗の方は二つ三つ若かった。玄朗は紀州の僧で、ここ一年程大安寺に来ていたということだったが、普照も栄叡もこの若い僧にこれまで会ったこともなく、またその名を聞いたこともなかった。容貌《ようぼう》も整っていて、どことなく育ちのよさがその言動の中に感じられた。

船は筑紫の大津浦を出た最初の夜から、特に海上が荒《あ》れていたわけではなかったが、外海の大きい波浪《はろう》に弄《もてあそ》ばれて、木の葉のように揺《ゆ》れ動いた。船員を除いた殆ど全部の乗員がみな食物も喉《のど》を通らなくなり、ぐったりと死んだように横たわった。そしてそうした状態がその夜から何日も続いた。その中で普照だけは例外だった。初めの二日は人並《ひとな》みに苦しんだが、三日目には頭の痛みも胸のむかつきも取れ、正坐《せいざ》して船のかなり大きい動揺《どうよう》にも平気で身を任せていることができた。併し、他の三人の留学僧たちが、自分の傍で船暈《ふなよい》に苦しんでいるのを朝から晩まで見ていることは、普照にとっても気持のいいことではなかった。

中でも栄叡が一番ひどく傷《いた》めつけられていた。いつも口を半開きにして、そこから苦しそうな小さい呻《うめ》き声を吐《は》きづめに吐いていた。栄叡の眉《まゆ》の濃い眼の鋭《するど》い顔は、またたく間に憔悴《しょうすい》して、正面から眼を当てるのも気の毒な程だった。玄朗の方は死んだようになって、ものも言わなければ体も動かさなかった。

ある日、海上に夕闇《ゆうやみ》が漂《ただよ》い始めようとする時刻であったが、普照は、ふいに一番向うの席に横たわっている戒融から声をかけられた。

「何を考えている？」

これが、何となく太々《ふてぶて》しい面構《つらがま》えと大入道のような感じの風貌を持った同僚《どうりょう》からの、面と向って話しかけられた最初の言葉らしい言葉であった。乗船した時、姓名《せいめい》と生国《しょうごく》を名乗り合っただけで、あとはお互《たが》いにすぐ船暈に取りつかれて、それぞれ孤独《こどく》な闘《たたか》いの中に身を置いていたので、言葉を交《かわ》すような機会もないままに今まで過ぎていた。

普照は、仰向《あおむ》けに身を投げ出して眼玉だけこちらに向けている筑紫出身の僧の方に、

「何も考えていない」

と答えた。普照には初対面の時からこの大入道が、留学僧に選ばれる程の何ものかを持っている人物とは思えなかった。いかにも筑紫あたりの僧侶でも持ちそうな垢《あか》ぬけのしないものをその風姿に付けているのが感じられた。

「俺《おれ》は考えている」

戒融は言った。

「何を考えているのだ」

「人間の苦しみというものは、結局は自分自身しか解《わか》らないということだな。そしてそれは自分が自分で処理するしか仕方がないものだ、それよりほかにどうすることもできないものだということだな。俺はいま苦しんでいる。俺ばかりではない。栄叡も玄朗もみな苦しんでいる。併し、お前はいま苦しんでいない。運のいいことに苦しみから脱《ぬ》け出してしまっている」

なんと厭《いや》なことを言う奴《やつ》だろうと、普照は思った。言われた通り普照はいま自分が、きびしく考えれば、誰の苦しみにも同情していないことを思った。気の毒には思っているが、それをどうしようもないし、どうしてやろうという気持もなかった。それにしてもそれを指摘《してき》されることは愉快《ゆかい》なことではなかった。すると、そういう普照の心を見透《みすか》してでもいるように戒融は語を継いだ。

「気を悪くするな。俺はただ本当のことを言ったまでだ。俺とお前の立場が替《かわ》っていれば、俺もまたお前と同じだ。人間とはそういうものだ」

そして戒融は、必ずしも普照に見せつけるためではなかったろうが、いきなり腹這《はらば》いになると、もう一物もはいっていない胃の中から何ものかを吐瀉《としゃ》しようとした。そして、ああ、苦しい、と口に出して言った。

　普照は玄朗という年若い僧侶《そうりょ》とは、それでも時々口をきくことがあった。大抵《たいてい》船が烈《はげ》しく揺れ始めた時だった。玄朗は自分の方からいつも口をきった。いかにも何か喋《しゃべ》っていることで気を紛《まぎ》らせでもしているかのように、喋り出すと、その口調には一種の訴《うった》えともひとり言ともつかない、弱々しいが、併し、妙《みょう》に熱っぽい調子があった。

「なに、これしき大丈夫だ。もう少しの辛抱《しんぼう》だ。これで船が難破さえしなければ唐土へ着けるのだ。噂《うわさ》にきいている長安の都も、洛陽の都も見られる。そこを歩き、そこでものを考えることができる。大慈《だいじ》恩寺《おんじ》も、安国寺《あんこくじ》も、西明寺《さいめいじ》も、この眼で見ることができるのだ。そのどこかの寺で俺は学ぶことになるだろう。知るべきことはいっぱいある。読まなければならないものも山程ある。何もかもこの眼で見、この耳で聞く。広い唐土の全部から俺は吸収すべきものは吸収してしまう。もう少しだ。もう少しの辛抱だ」

　聞いていると、次第にそれの持つ妙に物悲しいものが、こちらの胸に伝わって来た。ただ併《しか》し、確かにその言葉は、誰もが胸の奥に懐《いだ》いている素朴《そぼく》なものに触《ふ》れていた。それは他の者の場合、確《しか》とは判《わか》らないが、何となく口に出すのを憚《はばか》られるようなものであった。そんな時玄朗の顔は真蒼《まっさお》だった。玄朗の喋るのを、いつも誰も取りあわないで聞いていた。勝手に喋らせておけといったところがあった。

併し、一度だけ戒融が聞きとがめて、そんな玄朗の言葉を遮《さえぎ》ったことがあった。

「あまり夢《ゆめ》みたいなことを言うな。船が無事に着くかどうかはまだ判っていないんだぞ」

止《とど》めを刺《さ》すような言い方だった。そんな時でも、栄叡の方は聞いているのかいないのか、終始黙って、眼《め》を空間の一点に当てたままで、相変らず大きい息を口から吐き続けていた。

一同にとってまさに地獄《じごく》の苦しみというべき船暈から、併し、順々に脱け出すことができた。普照は別として、玄朗、戒融、栄叡と年の若い方から二、三日ずつの間隔《かんかく》を置いて解放されて行った。船暈が収まると、熱っぽい唐土への憧憬《しょうけい》を口走っていた玄朗の口は重くなり、一日中黙《もく》していることも珍《めずら》しくなかった。一種説明し難《がた》い憂鬱《ゆううつ》がこの育ちのいい面差《おもざし》を持った青年僧を捉《とら》え始めていた。戒融は怠《なま》け癖《ぐせ》がついたのか、船暈が癒《なお》っても寝《ね》てばかりいた。栄叡は一日中といってもいいほど法華経《ほけきょう》を誦《ず》していた。普照はそんな同僚たちを時折横眼で睨《にら》みながら、この航海中に上げてしまおうと思っている『四分律行事鈔《しょう》』*の第七巻を片時も膝《ひざ》の上から離《はな》さないでいた。

この四人の学問僧の乗っていた第三船は、大使広成の第一船に続いて航行しており、すぐあとには第四船が続いていた。副使中臣名代の第二船は殿《しんが》りの筈《はず》であった。筑紫を出てから二十日ばかりの間は、前を行く第一船も、後の第四船も、かなり遠距離ではあったが、ずっとその船影《せんえい》を認めることができた。夜になると互いに何回となく燈《とう》火《か》で連絡し合った。僚船の灯《ひ》はいつも、お互いの間を埋めている波のためにある規則正しさで明滅《めいめつ》して見えた。

二十一日目の夜、海上には深い靄《もや》が立ちこめ、そのため船は航行が困難となり、碇《いかり》を降ろして一時停止することになった。その夜を最後として、以後第一船も第四船もその船影を認めることができなくなった。この頃から乗員には水三合、糒《ほしい》一合が一日の食糧として配給されることになった。

三十日目ぐらいから海水は濃い藍青色《らんせいしょく》を呈《てい》し、油のような粘《ねば》りを持った大きな波浪がゆったりと襲《おそ》って来ては、船を山から谷へ、谷から山へと運んだ。船は進んでいるのか、後退しているのか、船員以外の者にはちょっと見当がつかなかった。海の色が藍青になってから逆風が吹く日が多くなり、その度《たび》に船は碇を降ろし、漂流することを避《さ》けて一日でも二日でも順風が来るまで、そこにそうしていた。

四十何日目に初めて烈しい暴風雨に見舞《みま》われた。それまでも何回か小さい暴風雨には襲われていたが、その時のような大きいのは初めてであった。暴風雨は午頃《ひる》始まり翌日の午まで続いた。一時は海水が滝《たき》のように船内に落ちて来た。

その暴風雨の夜、普照は闇の中から戒融の声を聞いた。波と風の音の中からその声は聞えて来た。誰《だれ》へ話しかけたのか、それだけの言葉では判らなかったが、普照はそれが自分に向けられたものであることを感じた。

「いま、何を考えている？」

戒融の声はそう言った。

「何も考えていない」

普照はいつか同じ質問をされた時答えたように答えた。普照は難船への恐怖《きょうふ》に襲われていたが、戒融の問いに対してひどく腹立たしいものを感じた。戒融の人を食ったような太々しい顔つきも、ぬうっとした大きな体も、それがこちらを向いているのが、闇の中に見えるようであった。

「なんにもか？」

戒融は念を押《お》して来た。そして、

「俺は考えている。死ぬのはごめんだということをな。犬死は厭だ。お前は厭じゃないのか。俺は厭だ。死ぬのはまっぴらだ。それからもう一つ、こんな全く同じ立場にあっても、人間は結局は自分だけだということを考えている。そうじゃないか」

波と風の音がそのあとの戒融の言葉を消したが、次に急に騒《さわ》がしさの消えたひっそりした短い時間が来た時、恰《あたか》もその刻《とき》を待っていて、その中に投げ込《こ》みでもするように、

「俺も考えている」

突然栄叡が言葉を発した。戒融ではなくて栄叡だった。

「こうしたことを、いままで多勢の日本人が経験して来たということを考えている。そして何百、何千人の人間が海の底に沈んで行ったのだ。無事に生きて国の土を踏《ふ》んだ者の方が少いかも知れぬ。一国の宗教でも学問でも、何時《いつ》の時代でもこうして育って来たのだ。たくさんの犠牲《ぎせい》に依って育《はぐく》まれて来たのだ。幸いに死なないですんだらせいぜい勉強することだな」

それは明らかに戒融に対して投げられた言葉だった。それに対して戒融は何か叫《さけ》んだが、その場はそれでおしまいになった。議論どころではない状態が、それから暁方《あけがた》まで続いたのである。

普照は栄叡が呶鳴《どな》った直後、先刻から恐《おそ》らく生きた気持もなく恐怖と戦っているに違《ちが》いない、玄朗の居るあたりの闇に眼を当てていた。普照には、身を跼《かが》めるようにして口も利《き》けないでいる玄朗が、一番素直な、真実の姿であるように思われた。戒融の

言葉にも、栄叡の言葉にも嘘偽《うそいつわ》りはなかったが、併し、玄朗の見栄《みえ》も外聞も捨てきった身の投げ出し方が、いつもはそれに多少の反撥《はんぱつ》は覚えていたが、こうした場合には一番好感が持てた。

普照自身の心はこの時他の三人とは少し別のところにあった。いつも彼は何ものかと闘《たたか》っていたので、特別違った状態に置かれているという思いはなかった。もう何年も、毎日のように色慾《しきよく》との陰惨《いんさん》な闘いがのべつに彼を捉えていた。ただ、現在はそれが死の恐怖にかわっているだけの話だった。そう普照は思っていた。

この暴風雨のあとは、船中はひたすら神仏への祈《いの》りに明け暮《く》れた。住吉神社*や、観音への祈願が行われた。栄叡は法華経を船の人たちに講義した。戒融は相変らず体を横たえていたが、普照と玄朗は身を起して傍でそれを聞いていた。所々間違っているところが普照には指摘できたが、黙《だま》ってそれを聞いていた。

第三船が大陸に近い小さい島々で順風を待つために徒《いたず》らに日を重ねて、漸《ようや》くにして蘇州《そしゅう》へ漂着《ひょうちゃく》したのは八月であった。筑紫の大津浦を出てから実に三カ月間以上船は海上を漂っていたわけであった。他の三船も同じ八月に相前後して蘇州海岸に漂着した。

広成らが蘇州に漂着したことは、直ちに蘇州刺史《しし》*銭惟正《せんいせい》に依って中央に奏せられ、接待役として通事《つうじ》舎人《とねり》*韋《い》景先《けいせん》が蘇州へやって来て一行を慰労《いろう》した。それから一行のうちで許されたものだけが、大運河で汴州《べんしゅう》へ上陸、陸路洛陽《らくよう》に向うことになった。大使広成らが洛陽にはいったのは翌天平六年、つまり、玄宗帝《げんそうてい》*の開元二十二年の四月であった。蘇州へ漂着してから八カ月を経ている。一行が西都長安にはいらず、東都洛陽にはいったのは、玄宗帝がこの年洛陽に幸して、そのまま長安には帰らず、唐の朝廷《ちょうてい》は洛陽にあったためであった。

広成ら一行は唐廷が洛陽にあることに何といっても大きい失望を覚えたに違いない。これまでの遣唐使《けんとうし》の一行はいずれも差し廻《まわ》しの官船で一路長安に向っており、上都長楽駅に着くと、内使の出迎《でむか》えを受け、ここで最初の饗応《きょうおう》に与《あずか》り、それから馬で長安にはいる。滞在中の宿舎四方館に旅の疲《つか》れを癒《いや》す暇《いとま》もなく、宣化殿《ぎかでん》に於《お》ける礼見、麟徳《りんとく》殿《でん》での謁見《えつけん》、内裏《だいり》の賜宴《しえん》、それから中使の使院に於ける豪華《ごうか》な宴会。――そうした長安の都に於ける華やかな行事の数々は、広成らも何回も耳に入れていた筈である。勿論洛陽に於ても、同様なことは行われたが、日本使節にしてみればやはり長安の晴れの舞台《ぶたい》に自分を立たせ、そこで大唐の初夏の陽光を満喫《まんきつ》したかったことであろう。

洛陽にはいった広成らは唐帝へ献上品として、銀《しろがね》大五百両、水織絁《みずおりあしぎぬ》・美濃《みの》絁各二百疋《ぴき》、細絁・黄絁各三百疋、黄糸五百絇《く》、細屯綿《さいとんめん》一千屯、別送綵帛《さいはく》二百疋、畳綿《たたみわた》二百帖《じょう》、紵布《ちょふ》三十端《たん》、望陀布《もうだふ》一百端、木綿一百帖、出火水精《しゅつかすいしょう》十顆《か》、出火鉄十具、海石榴油《つばきあぶら》六斗《と》、甘葛汁《あまずら》六斗、金漆《きんしつ》四斗、——こういったものを贈《おく》った。

一行の幹部たちが国使として四方館に迎えられ、そこで忙《いそが》しい毎日を送っている頃、同じ洛陽にあって唐政府に委託《いたく》された留学生や留学僧たちは、その勉学の目的と希望とを斟酌《しんしゃく》されて、それぞれ適当なところへ配されていた。普照《ふしょう》、栄叡《ようえい》、戒融《かいゆう》、玄朗《げんろう》の四人は大福先寺に入れられた。四人が大福先寺に預けられることになった動機は、普照が希望する寺としてここを申し出ていたためであった。普照はここに『飾宗義記《しょくしゅうぎき》』を著《あらわ》して、法礪《ほうれい》*の『四分律疏《しぶんりつしょ》*』を釈した高僧定賓《じょうひん》がいることを知っていて、定賓について法を受けようと思っていた。こうしたことになると、普照の知識は遥《はる》かに他の三人の留学僧を凌《しの》いでいた。

大福先寺は則天武后《そくてんぶこう》*の母楊氏《ようし》の邸宅《ていたく》の跡《あと》にあって、上元二年（西紀六七五年）にここに太原寺が立ったが、後改めて魏国寺《ぎこくじ》となり、天授二年（西紀六九一年）にまた大福先寺と改まっていた。境内《けいだい》も広く、塔《とう》も、伽藍《がらん》も立派であり、坊舎《ぼうしゃ》も多かった。三階院には呉道子《ごどうし》*の画《えが》く地獄変があり、三門の両頭にも呉画があった。

日本の若い僧侶《そうりょ》たちはこの寺にはいって間もなく、この寺が訳場としては大きい歴史を持っていることを知った。二十年程《ほど》前に物故した義浄《ぎじよう》＊は『金光明最勝王経《こんこうみようさいしようおうきよう》＊』等二十部一百十五巻、『勝光天子《しようこうてんし》＊香王菩薩呪《こうおうぼさつじゆ》＊一切荘厳経《しようごんきよう》＊』等四部六巻の翻経《ほんきよう》をここで行っていたし、現在九十幾《いく》つかの高寿《こうじゆ》を保っている善無畏《ぜんむい》＊が、ここに住して『大日経《だいにちきよう》＊』を訳したのもほんの十年程前のことであった。そういうことを知ると、さすがに留学僧たちは身の緊《し》まる思いを感じた。

留学僧の生活は比較《ひかく》的自由であった。普照らはまず当分会話を覚えることに専心した。戒融だけは、どこで覚えたのか、唐語を喋《しやべ》ることができた。洛陽の街衢《がいく》はさすがに大唐の二つの都の一つだけあって、日本の留学僧たちの眼にはまばゆかった。奈良の都とは規模も違い、その殷賑《いんしん》さも比較にならなかった。周時代の王城の地でもあり、後漢、北魏《ほくぎ》、隋《ずい》の都でもあり、それぞれの持つ歴史の大きさも日本ではこれを求めることはできなかった。

四人の日本僧はそれぞれ違った坊舎の一室を与《あた》えられて、そこで生活をしていた。留学僧は絁四十疋、綿百屯、布八十端を出発の際下賜《かし》されて来ていた。併し、一応、唐の政府に引き渡《わた》されてからは、生活費はこの国から支給されることになっていたので、すぐ日本からの下賜品を金に換《か》えなければならぬようなことはなかった。

大福先寺の生活が始まった四月から五月へかけて、普照と栄叡と玄朗の三人は、自由な時間は悉《ことごと》く都の名所仏蹟《ぶっせき》の見物に当てていた。眼に触れるすべてのものが驚愕《きょうがく》と讃嘆《さんたん》の材料であった。三人の若い僧には日本という国も、奈良の都もひどく小さく貧しく思われた。戒融もまた四月から五月へかけては、普照たちと同じように洛陽の名所仏蹟を廻って歩いていたが、戒融だけは一緒《いっしょ》にならず自分一人の行動を取っていた。

夏の陽《ひ》ざしが漸く強くなった頃、普照は戒融とたまたま彼の宿所となっている坊舎の前で顔を合わせ、珍しく戒融から誘《さそ》われて、彼の部屋へはいって行った。その時、戒融は、例の幾らか人を莫迦《ばか》にしたような、いきなり相手に問いかける言い方で、普照に、唐へ来て、何を一番強く感じたかと訊《き》いた。普照はまたかと思った。そして船の中でのように、よほど何も感じないと答えようかと思ったが、

「来てよかった。来てみなければ唐という国は判《わか》らないからな」

と、そんなことを素直な気持で口に出した。すると戒融は、なんだ、そんなことかといった顔をして、

「俺《おれ》は唐へ来て初めて見たのは飢《う》えている人間だ。お前も見たろう。蘇州へ上がってから、毎日のように飢えた難民ばかり見た。いやというほど見せつけられた」

それは戒融の言う通りであった。普照たちが唐の土を踏んだ前年は、夏前の旱魃《かんばつ》と秋の霖雨《りんう》のために、作物は実らず、ために どこへ行っても飢えた人間が溢《あふ》れていた。

何十年にもない饑饉《ききん》だということだった。

「あれだけの難民がいたら、日本なら大変なことになる。この国では雲が流れるように、黄河《こうが》の水が流れるように、難民が流れている。まるで自然現象の一つのようじゃないか。経典《きようてん》の語義の一つ一つに引懸《ひつかか》っている日本の坊主《ぼうず》たちが、俺には莫迦に見えて来た。きっと仏陀《ぶつだ》の教えというものは、もっと悠々《ゆうゆう》とした大きいものだと思うな。黄河の流れにも、雲の流れにも、あの難民の流れにも、結びついたものだと思うな」

そんなことを一種の熱情的な口調で話してから、

「俺はいつか、この唐土での生活に慣れたら自分の足でこの広大な土地を歩けるだけ歩いてみるつもりだ。僧衣をまとい、布施《ふせ》を受けながら、歩けるだけ歩くつもりだ」

そう戒融は言った。普照は戒融の大きな顔を見守りながら、戒融なら本当にそんなことをやりかねないと思った。

「併し、何か選んで勉強しなければならないだろう」

普照が言うと、

「机にかじりついていることばかりが勉強と思うのか」

戒融は極付《きめつ》けるように言った。併し、何を言われても、この頃はもう渡唐《とどう》の船中に於けるような反感を、普照はこの男に感じていなかった。はっきりと指摘できるような形ではなかったが、少くとも、自分の持ってない何か特殊《とくしゅ》なものを、戒融が持っているのを感じていた。

「一体、お前らは何のために唐へ来たんだ。何をやるつもりなんだ」

戒融が訊いたので、普照は自分は腰《こし》を据《す》えて律部*を勉強するつもりでいる、それから日本へ優《すぐ》れた戒師を招ずることを託《たく》されて来ているので、自分の勉強をしながら、その地盤を作らなければならないと言った。

それを聞くと、戒融は、

「戒師なんて招《よ》ぶのは、そんな大変なことじゃない。大袈裟《おおげさ》な言い方をするな。どんどん交渉して日本へ行って貰《もら》ったらいいじゃないか。道璿《どうせん》はどうだ？」

いきなりそんな言い方をした。そして道璿じゃいかんか、と重ねて訊いて、

「一流の高僧なんて、なかなか行ってくれるものか。それに高僧なんていわれる奴は大抵八十、九十の高齢《こうれい》だ。よぼよぼした体で大体あの船に乗れると思うのか。三日もしないうちにくたばってしまうだろう。何年かけたって事情は変らんよ。道璿でいいだろう。道璿に行って貰え」

普照もその道璿という律僧の名前を知っていたし、一、二度見かけたこともあった。年齢はまだ三十四、五歳であろうか。律に明るく、天台*、華厳を学んで、日常のこと

すべて華厳の浄行品《じようぎようぼん》*に依《よ》って行動していると噂《うわさ》されている人物だった。彼は一部の僧侶《そうりよ》たちからは特別の尊敬の眼をもって見られていた。

戒融は道璿で我慢《がまん》しておけと言わんばかりの言い方をしていたが、道璿にしてみたところで、そう簡単に日本へ渡ることを承諾《しようだく》してくれようとは思われなかった。そのことを普照が言うと、

「当ってみなければ行くか行かぬか判らんじゃないか。俺は道璿とは二、三度話したことがある。一度当ってみてやろう。なあに、行くよ。法のためだ」

最後の法のためだという言葉を、戒融は多少皮肉な口調で言った。それだけで道璿の話は打ち切られたが、普照はその話をさして真《ま》に受けて聞いてはいなかった。雲を摑《つか》むようなそんな話より、戒融がその前に話した流民の話の方が、いかにも戒融の話らしく、どこかに独自なものが閃《ひらめ》いているのが感じられた。

それから二、三日して、栄叡と玄朗が訪ねて来た時、普照は戒融の真似《まね》をして、二人の友に、唐土を踏んでからいかなることを一番強く感じたかという質問を出してみた。すると、栄叡は端坐《たんざ》している胸を少し反らせるような恰好《かつこう》をして、やや昂然《こうぜん》とした面持《おももち》で、

「俺はこの国はいまが一番絶頂だなと思った。これが一番強いこの国の印象だ。花が

今を盛《さか》りと咲《さ》き盛っている感じだ。学問も、政治も、文化も、何もかもこれから降《くだ》り坂になって行くのではないか。いまのうちに、俺たちは貰えるだけのものを貰ってしまうんだな。たくさんの蜂《はち》が花の蜜《みつ》にたかっているように、各国からの夥《おびただ》しい留学生たちが、いまこの国の二つの都にたかって蜜を吸っている。俺たちもその一人には違いないが」

そう言ってから、

「併し、それとは別だが、恐《おそ》ろしく多勢の人間が生きているな。仏教とも、政治とも、学問とも無関係に、生きものの意志で、食って、寝て、生きているな」

と言った。戒融は「雲や黄河の流れのように」と言ったが、栄叡は「生きものの意志で」と言った。普照が、

「同じようなことを戒融が言っていた」

そう言いかけると、

「戒融!? 何があんな奴《やつ》に見えるものか。あいつは奇矯《ききよう》な言葉を弄《ろう》して、人を煙《けむ》にまくだけだ。取得《とりえ》といえば、多少唐の言葉を話せるぐらいのものだ。併し、それさえも、どの程度か判ったものじゃない」

戒融の話になると、栄叡はいつも苦々しい顔をした。戒融も栄叡を嫌《きら》っていたが、

栄叡も戒融を軽蔑《けいべつ》していた。普照が次に玄朗の方に問いの答を促《うなが》すと、玄朗の方は恨《うら》みでもあるような粘《ねば》っこい口調で、

「日本へ帰りたいということだ。日本が一番いいということだ。日本でなければ、日本人は金輪際《こんりんざい》、本当に生きるといった生き方では生きることはできない。だれが何と言ったって、これだけは本当だよ」

それから彼は、遣唐使の一行が十一月に帰るというが、できるならば自分も帰りたいくらいだと言った。玄朗は洛陽にはいったばかりの初夏の間はそうでもなかったが、本格的な夏になると再び、最初渡唐の船中で彼を襲《おそ》った懐郷病《かいきょうびょう》に取り憑《つ》かれて、すっかり元気を喪《うしな》って憂鬱《ゆううつ》になっていた。この時も、普照は戒融よりも、栄叡よりも、玄朗の泣きごとの方にむしろ真実があると思った。玄朗に言われて初めて気づいたのだが、普照は自分の心にもまた、入唐《にっとう》して一歳《さい》にもならないのに既《すで》に故国への思慕《しぼ》が頭を擡《もた》げていることを知った。

普照はこの席で、この間戒融が話していた道璿のことを単なる話として持ち出した。するど、栄叡は、

「道璿という人はちゃんとした人で、若手では一流ということを聞いている。若《も》し行ってくれれば、それは有難いが、併《しか》し、そう簡単に引き受けようとも思われないし、

簡単に、持ちかけられる話でもないからな」

栄叡もまた普照と同じように戒融の話の方は真《ま》に受けてはいなかった。

ところが、それから三、四日して、普照は戒融の訪問を受けた。戒融は部屋へはいって来ると、立ったままで、いきなり、

「行くそうだ」

と、一言《ひとこと》言った。

「交渉《こうしょう》だけはしてやった。あとは知らん。若し招ぶ意志があるなら、改めて正式に交渉してみたらいい。簡単だが略歴をここに書いておいた」

それから彼は紙片を普照に手渡すと、直《す》ぐ部屋を出て行った。紙片には、「道璿、許州《きょしゅう》の人、三十三歳、俗姓《ぞくせい》、衛氏、春秋の衛の霊公《れいこう》の後、大福先寺の信算《しんさん》の弟子、また華厳寺の普寂《ふじゃく》にも学ぶ」と、少し癖のある達筆で認《したた》められてあった。普照が戒融の筆蹟《ひっせき》を見たのはこの時が初めてであった。

九月になると、遣唐使広成らの一行の帰国の時期が十一月と決定した。この頃《ころ》から、普照らは、何年か前に入唐してそれぞれ学業の研鑽《けんさん》を終え、こんどの船で故国へ帰る筈になっている人々に会う機会が多くなった。

最初に会ったのは玄昉《げんぼう》である。玄昉のことは普照たちも日本にいる時から聞き知っていた。竜門寺の義淵《ぎえん》＊に就《つ》いて唯識《ゆいしき》＊を学び、七上足《しちじょうそく》＊の一人と称せられたほど既に渡唐前から頭角を現わし、霊亀《れいき》二年に入唐、爾来《じらい》今日まで足かけ十九年唐土にあった人物である。その間に濮陽《ぼくよう》の智周《ちしゅう》に就いて法相《ほっそう》＊を学び、玄宗《げんそう》にその学才を愛され、位三品《さんぼん》に准《じゅん》ぜられ、紫《むらさき》の袈裟《けさ》を賜《たまわ》っていた。

玄昉が二人の唐僧と一緒に、大福先寺へやって来た時、四人の日本の留学僧は自分たちの大先輩《だいせんぱい》として玄昉を迎《むか》えた。玄昉が大福先寺を訪ねたのは、自分がこんど故国へ去るので、最後の見納めというつもりでこの洛陽の由緒《ゆいしょ》ある寺を訪ねたものと思われた。普照は、日本僧で紫の袈裟を賜ったのは彼《かれ》ただ一人だという、眉《まゆ》の太いがっちりした体格の五十前後の学僧の顔を、ある感動をもって眺《なが》めた。

玄昉は日本から来たばかりの若い僧侶たちに、これから何を学ぶかを一人一人に向って訊《たず》ね、しっかり勉強するように言うと、あとは寺の境内を一巡《いちじゅん》してある落ち着かない慌《あわただ》しい印象を残して帰って行った。一陣《いちじん》の強い風がさっと吹《ふ》いて来て、忽《たちま》ちにして通り過ぎて行ったような印象であった。普照は同じ血を持った曾《かつ》ては留学生であり、いまは高名な僧である玄昉から、留学中の注意とか勉学に対する指示とかを受けたいと思っていたが、それを切り出す暇《いとま》は与えられなかった。

彼が帰って行ってから、栄叡、玄朗、戒融、普照の四人は、久しぶりに一緒になって、いま自分たちの眼《め》の前に現われてすぐ立ち去って行った、自分たちの先輩について話し合った。みんな一様に多少の昂奮をその面《おもて》に現わしていた。普照は玄昉が帰国した夜、奈良のどこかの寺で、堂内に溢れる僧侶たちを前にして性相《しょうそう》＊の宗義を講述している姿が眼に浮《う》かぶようだった。ただ普照には、玄昉の武人のような太い眉と、しっかりと坐《すわ》っている眼と、そして同胞《どうほう》に会った懐《なつか》しさなど微塵《みじん》も示さない突《つ》き放した態度と、そしてまた学匠《がくしょう》らしからぬ慌しさが気になった。そんなことを普照が口に出すと、栄叡は、玄昉のそういうところが豪《えら》いのだと言った。なまじっか、同胞などといってすぐ親愛の情を示したりしないそうしたところがあるからこそ、玄昉は唐土に於ても学僧として名をなし得たのだと言った。

玄朗は、玄昉が日本へ持ち帰る『経論章疏《けいろんしょうしょ》』は五千巻だそうだ、とどこから聞いて来たのか、そんなことをやはり昂奮《こうふん》した面持で言った。

三人の話を黙って聞いていた戒融は、最後に口を開いた。

「玄昉は行基《ぎょうき》＊と共に義淵の門だ。年齢も同じくらいだろう。玄昉は入唐して濮陽の寺にはいった。行基は日本で庶民《しょみん》の中にはいった。玄昉は法相を学んだ。行基は病者に薬を与え、悩《なや》める者には祈禱《きとう》を行った。橋がないところには橋を設けた。街頭に於て道を説いた。玄昉は異国に於て法相を学び、その奥義《おうぎ》を究《きわ》め、学才群を抜《ぬ》いてその国の天子から紫の袈裟を貰った。行基は乞食《こじき》と病人と悩める者の先頭に立ち、町から町へ、村から村へと説法して歩いた」

ここで、戒融は知らず知らずの中《うち》に昂奮して喋《しゃべ》っていた言葉を切った。妙《みょう》にその戒融の口調に気押《けお》されたような気持で他の者は黙っていた。すると、急に戒融は照れたように笑って、

「というわけだ。どちらが豪いか、それは知らん」

それだけ言うと、戒融は普照たちに背を見せ、そのまま歩き出した。

玄昉に会って何日かしてから、普照はこんどは大使広成らの宿所である四方館の一室で、下道真備《しもつみちまきび》*と会った。この時は普照一人だけであった。真備は玄昉より一年あとの養老元年、第八次遣唐船に依《よ》って阿倍仲麻呂《あべのなかまろ》らと共に入唐した留学生で、専攻は経史であったが、陰陽《いんよう》、歴算、天文の諸学を研鑽して、玄昉に劣《おと》らず盛名《せいめい》を馳《は》せている学徒であった。

真備は二十四歳で入唐して、現在は四十一歳になっていた。普照には、真備は背の低い、穏《おだ》やかな風貌《ふうぼう》を持った平凡《へいぼん》な人物に見えた。強《し》いて普通の人間と違《ちが》っているところを探せば、長い唐土の生活が、彼を日本人より寧《むし》ろ唐人に近い印象にしていること

とであった。皮膚《ひふ》の色も唐人のそれなら、眼も亦鷹揚《またおうよう》な唐人そのままの眼であった。真備はその時、自分が故国へ持ち帰ろうとしている将来品の目録を遣唐使の一行に報告したあとで、その荷作りと運搬《うんぱん》のことを係りと打ち合わせているところであった。彼はゆっくりと将来品の名称を一つ一つ口に出して言い、それを相手に書き取らせ、そのあとで自分が覗《のぞ》き込《こ》んでは、それが間違っていないかどうかを確かめていた。その同じ部屋に普照が居ることなど、殆《ほとん》ど意識していないかのようであった。

真備の将来品は、種々多様なものに亘《わた》っていた。その量もどのくらいのものか、普《ふ》照《しょう》には見当がつかなかったが、相当厖大《ぼうだい》なものであろうと思われた。『唐礼《とうらい》』百三十巻、『大衍暦経《だいえんれききょう》』*一巻、『大衍暦立成《りっせい》』十二巻、『楽書要録《がくしょ》』*十巻、銅律管一部、測影鉄尺一枚、絃纏漆角弓《つるまきぬりつのゆみ》一張《はり》、馬上飲水漆角弓一張、射甲箭《しゃこうせん》二十隻《せき》、露面漆四節角弓一張、平射箭《いたつき》十隻――等々。

この真備と一緒に入唐して、現在は唐の官吏になっている阿倍仲麻呂の帰朝の噂《うわさ》も一時あったが、それはいつか立消えになっていた。仲麻呂は現在官左補闕《ほけつ》となっていた。補闕の官は門下省に属し、供奉《ぐぶ》、諷諫《ふうかん》、扈従《こじゅう》、乗輿《じょうよ》を掌《つかさど》る役がらである。仲麻呂も勿論《もちろん》、その職掌《しょくしょう》上洛陽に居る筈《はず》であったが、普照たちは、この留学生としては毛色の変った道を歩いた先輩には会っていなかった。

この頃、普照は同じこの大福先寺に最近一人の日本の留学僧が居るという噂を耳にした。これを聞いた翌日、普照は何かの話の序《つい》でにこのことを玄朗《げんろう》に伝えた。すると、それから一刻《とき》ほどしてどこで調べて来たのか、玄朗はやって来ると、その日本の僧が名を景雲《けいうん》と言い、今から三十年前単独で入唐し、三論と法相を学んでいたが、こんど遣唐船の帰国に便乗して日本へ帰るのだということを報《しら》せた。

「会ってみようか」

と、玄朗は言った。日本人と聞くと、玄朗はたれにでも会わずにはいられないもののようであった。普照も、いかなる人物か知らないが、その僧から三十年間の唐土に於《お》ける生活の体験を聞いておくことも無駄《むだ》ではあるまいと思った。

景雲は小さい寺の一室に乗船するまでの日を過していた。二人が訪ねて行くと景雲はその柔和《にゅうわ》な顔を僅《わず》かにほころばせて、隅《すみ》にあった椅子《いす》を与えた。髪に白いものが混じり、一見すると六十歳近くに見えたが、皮膚はつやつやしていて老人のそれのようではなかった。健康を害していると言っていたが、それらしい体の弱りも見えず、勉学による苦渋《くじゅう》の皺《しわ》もその顔には見られなかった。

「わたしは三十年唐に遊んだが、たいして面白いことにも出逢《であ》わなかった。こんなとなら、日本にいてもさして変りはなかったろう。日本の田舎《いなか》に住んでいた方がましだったかも知れない」

そんなことを、別に卑下《ひげ》するでもなく低い口調で語った。三論と法相を学ぶために入唐したと聞いていたが、話題がそうしたことに近づくことを、この人物がつとめて避《さ》けていることが、普照には感じられた。

「持ち帰られるものは？」

思いきって普照が訊《たず》ねると、

「この身一つです」

老人は言った。老残の身を、唐土から日本へ運ぶだけが、現在の景雲の仕事らしかった。

「貴方《あなた》のように長く唐土に居《お》られた方は他《ほか》に居ないでしょうね」

普照が言うと、

「そうたくさんはないでしょうな。併し、居ても大抵《たいてい》なんとかものになって日本へ帰って行く。なんにもならんのはわたしぐらいのものでしょう」

景雲は言いかけて思い出したように、

「そう、一人あった。業行《ぎょうこう》が居る。彼もやはり三十年近く居るだろう」

と言った。

った。

「やはり法相の坊主ですよ。こんど一緒に帰国することを勧めたが、あまり帰りたくもないらしい。彼にもとうとう陽《ひ》が当らなかった！」

幾らか感慨《かんがい》深そうに景雲は言ったが、その最後の言葉は二人にはよく理解できなかった。

普照と玄朗は間もなくそこを辞した。景雲の宿舎を出ると、二人は同時にひどくうそ寒いものを感じた。留学生でも留学僧でもなく、本人が自分の意志で入唐したのだから、景雲の場合、唐に居る間をどのように過そうとそれは勝手な筈であったが、同じ僧服を纏《まと》っている身として、経典一つ持ち帰ろうという意志を持たない景雲という人物は、やはり若い留学僧の眼には哀《あわ》れに愚《おろ》かに見えた。

それから四、五日後の夕刻、玄朗がやって来て、

「行って来たよ。この方はちょっと変っている。一回会っておいたらよかろう」

と言った。訊《き》いてみると、玄朗は景雲から聞いた業行という在唐二十何年かの僧侶のところへ行って来たということであった。兎《と》に角《かく》変っている、どんなに変っているかは行って会ってみなければ口では説明ができない、そう玄朗は言った。その同じ業行の話を、普照は二、三日後栄叡《ようえい》の口からも聞いた。

「どんな人です」

「二十何年か唐にいて、彼の知っているところといえば幾《いく》つかの寺しかない。寺を渡《わた》り歩いて経論を写している。どこも見もしなければ、誰《だれ》にも会っていない。併し、筆写本の数だけは厖大なものらしい」

「どんな人間なんだ」

「俺《おれ》にも判《わか》らん。豪《えら》いのかもしらんが、莫迦《ばか》かもしらん」

栄叡は言った。普照は、玄朗にも、栄叡にも奇怪《きかい》な人物として映じているらしいその業行という僧侶《そうりょ》を、一度訪ねて行ってみようと思った。妙にその人物が、二人の話から気になった。

秋になってからは普照は日本に居た時と同じように一刻を惜《お》しんで机に向っていた。船の中では上げきれなかった『四分律行事鈔《しょう》』十二巻を上げ、法礪《ほうれい》の『四《し》分律疏《ぶんりつしょ》』にかかろうとしている時であった。業行に会いに行く時間も惜しまれたが、普照はこんどの遣唐船で帰国するかも知れぬ業行に早く会っておかなければと思い、ある日午《ひる》を少し廻《まわ》ったころ、普照が初めて耳にする郊外《こうがい》の小さい寺へ出かけて行った。

業行は陽の当らぬ北向きの小さい部屋で机に向って、筆を執《と》っていた。そこへはいって行った普照には、その部屋がひどく冷たい陰惨《いんさん》なものに感じられた。併し、彼の前に坐って改めて辺りを見廻してみると、別に部屋そのものは特殊なものではなかった。北向きで陽は当らなかったが、特別暗くも陰惨でもなかった。部屋には古文書《こもんじょ》か経巻か判らないが、紐《ひも》で縛《しば》った反古《ほご》の束《たば》がいっぱい乱雑に置かれてあった。そしてその中へ小さい坐り机を置いて、業行は今までそうしていたと思われるように、そこに端坐して、顔だけを訪問者の方へ上げていた。

五十歳近いであろうか。小柄《こがら》で、脆弱《ぜいじゃく》な体がそのまま老い込んでいたので、年齢のほどは確《しか》とは判らなかった。風采《ふうさい》はひどく上がらなかった。

「この間来られた、何といいましたかな、あの方のお連れですか」

業行はぼそっとした口調で言った。秋の初めではあり、まだ寒さが感じられる季節ではなかったが、彼は坐っている両膝《りょうひざ》の下に左右から手を差し込んで、体を細かく震《ふる》わせていた。

「こんどお帰りになるんですか」

普照が訊《き》くと、

「いやあ」

と、業行は曖昧《あいまい》な言葉を低く口から出した。普照は相手が何とかあとを続けるものとばかり思っていたが、彼の口からはそれっきりなんの言葉も出て来なかった。

話の接穂《つぎほ》のない感じだった。普照が帰国することになっている何人かの人たちの名を口にすると、その度《たび》に業行は眼をちょっと普照の方へ向けたが、別にそれに言葉をさし挟《はさ》むわけでもなく、微《かす》かにその顔に羞恥《しゅうち》とでもいいたい表情を見せるだけだった。

「お会いになってますか」

普照は何人かの名を挙げたが、彼は、

「いやあ」

と、いつも例の曖昧な言葉を発した。誰とも会っている風ではなかった。仲麻呂や玄昉や真備に会っていないことはいいとして、果してその名さえ知っているかどうか怪《あや》しいものであった。誰の名を言っても、羞恥と受け取れるような表情を示すので、初め普照は、自分の学の成らないのを恥《は》じているのかと思ったが、やがて全く相手の表情がそうしたこととは無関係なことを知った。業行は自分に全く無関心なことを話されるので、その応対に戸惑《とまど》っているのに違いないのであった。

業行の顔は、普照が唐土へ来て見る一番唐土とは無関係な顔であった。業行は全く日本人の顔をしていた。顔ばかりでなく体も小さくて貧弱《ひんじゃく》で、日本の到《いた》るところで見る百姓《ひゃくしょう》の体つきであった。普照は自分の方で問いかけない限り、相手が言葉を発するということはなかったので、次第《しだい》に自分が何かひどくこの人物を苛《いじ》めて、困らせているのではないかといった気持に襲われて来るのを感じた。

「長安にもいらしったんですね」

「居《い》ました」

「何年ぐらい？」

「そうですな。五年、いや、何回にもきれぎれに行ってますから、全部併《あわ》せると、七、八年になりますか」

「洛陽《らくよう》へはいつ来られました？」

「去年です」

　そう言ったが、

「勿論、前にも何回か来ています。全部併せると、四年ですか、五年ですか」

　業行は言った。

「何をやっておられます」

「これです」

　業行は机の上の方へ顎《あご》でしゃくるようにして、

「まだ、なかなかです。始めたのが遅《おそ》かったんです。自分で勉強しようと思って何年か潰《つぶ》してしまったのが失敗でした。自分が判らなかったんです。自分が幾ら勉強しても、たいしたことはないと早く判ればよかったんですが、それが遅かった。経典でも経疏《けいしょ》でも、いま日本で一番必要なのは、一字の間違いもなく写されたものだと思うんです。いまでも随分《ずいぶん》いい加減なものが将来されているんでしょう」

この時だけ、業行は早口ではあったが、自分の意見らしいものを言葉として口から出した。その間も貧乏ゆすりは相変らず続いていた。


多治比広成《たじひのひろなり》らの第九次遣唐使《けんとうし》の一行が、帰国の途《と》に就くために洛陽の都を発《た》ったのは九月の中頃であった。一行は洛陽より蘇州《そしゅう》に赴《おもむ》き、蘇州に於《お》て四船に分乗した。十月の終りであった。

第一船の大使広成の船には、僧玄昉《げんぼう》、下道真備《しもつみちまきび》の二人が乗った。この二人の帰国は、前から決まっていたことであったが、一時彼らと共に帰国の噂があって、いつとはなしに立消えとなった阿倍仲麻呂はやはり唐土に留《とど》まることになったのであった。玄昉、真備は唐土に於ていかに秀才の誉《ほまれ》高いとはいえ、留学僧、留学生の身の上であったが、仲麻呂の方は唐朝の官吏《かんり》であり、しかも玄宗の寵臣《ちょうしん》であったので、その進退は自由にならなかったのである。仲麻呂は故国の両親が老いたことを理由にして帰国を上奏したが、ついに許されなかった。「義を慕《しと》うて名空《むな》しくあり。忠を愉《たの》しんで孝まったからず。恩を報《むく》ゆるの日あるなし。国に帰るはいつの年とか定めむ」という『古今和歌集目録』*に収められてある詩は、仲麻呂のこの時に於ける述懐《じゅっかい》である。

副使中臣名代《なかとみのなしろ》の第二船には雑多な人物が乗った。普照、栄叡の乞《こ》いを容《い》れて渡日《とにち》する道璿《どうせん》もこの船であったし、学問僧の理鏡《りきょう》や、理鏡に伴《ともな》われて渡日する婆羅門僧菩提僊那《ばらもんそうぼだいせんな》*、林邑国《りんゆう》（安南）の僧仏哲《ぶってつ》*、それから唐人皇甫東朝《こうほとうちょう》、袁晋卿《えんしんけい》、波斯《ペルシャ》人李密翳《りみつえい》ら賑《にぎ》やかな顔触《かおぶ》れであった。異国人では菩提僊那の三十一歳が最年長で、渡日後帰化して唐楽を奏して知られた袁晋卿が最年少で十八歳であった。在唐何年かを無為《むい》に過した僧景雲は判官平群《へぐり》広成の第三船に便乗した。

時を同じくして蘇州を発したこれら四船の消息の第一報が、唐土に留まった若い留学僧たちのところへ伝えられて来たのは、翌開元二十三年（天平七年）の上元《じょうげん》（一月十五日）の張燈《ちょうとう》の夜であった。この国では都会でも田舎でも毎年一月十五日の節句の前後数日、夜になるとどこの家でも門口《かどぐち》に燈籠《とうろう》を連ね、人々は夜を徹《てつ》して街に出て嬉遊《きゆう》する慣《なら》わしだった。この期間洛陽の街衢《がいく》も毎夜のように燈火で埋まった。軒に夥《おびただ》しい燈籠を吊《つる》している家もあれば、巨大な燈架《とうか》や山棚《さんぽう》を作って、そこへ燈籠を懸《か》け並《なら》べている家もあった。街の辻々《つじつじ》には炬火《かがりび》が焚《た》かれ、そしてその真昼のような明るい火影《ほかげ》の中を人々は練り歩き、歌い、踊《おど》った。

その上元の当夜、普照は坊舎《ぼうしゃ》の自室で栄叡、玄朗の二人を待っていた。夜が更《ふ》けてから三人で連れ立って街の賑わいを見る約束《やくそく》だった。八時頃《ごろ》玄朗がやって来、半刻《はんとき》ほど遅《おく》れて栄叡がやって来たが、栄叡は二人の顔を見るとすぐ、去年十月蘇州を発った四船は、海に浮かぶと間もなく暴風雨に見舞《みま》われ、そのうちの一艘《そう》が越州《えつしゅう》（浙江《せっこう》省）に漂着《ひょうちゃく》し、再び日本へ向けて出帆《しゅっぱん》したという報がはいったことを告げた。

「その越州に漂着した船がどの船か判らないが、無事に日本に着くとすれば、まあその一船ぐらいだろう。その船に乗っていた者たちの話では、他の三船は恐《おそ》らく難破を免《まぬか》れていないだろうということだったそうだ」

栄叡はこの噂《うわさ》を、ここへ出かけて来るほんの一刻《いっとき》ほど前に、揚州《ようしゅう》より来た僧侶から聞いたということであった。そんなことを語る栄叡の顔も暗かったが、それを聞いている普照、玄朗の顔も暗かった。

三人は暗い気持を持って祝祭で賑わっている異国の街へ出た。平日は早くから鎖《とざ》されている延福坊の巷門《こうもん》もその夜は開かれていた。運渠《うんきょ》を渡り、永泰坊の築地《ついじ》に沿って歩いて行く。南市に近づくと、夜空は赤く焼けただれていた。やがて三人は群集の乱《らん》舞《ぶ》している明るい街へはいって行った。普照は上元張燈とか元宵観燈《げんしょうかんとう》とかいわれているこの賑やかな巷《ちまた》の行事が、いかなるものであるかを知るために二、三の書物を繙《ひもと》いていた。そしてその中にあった「燈樹千光かがやき、花焰七枝《かえんしちし》開く」という煬帝《ようだい》の詩の一句を、雑踏《ざっとう》の中を歩きながら思い出していた。この世ならぬ華麗《かれい》な祝祭の街は、まさに燈樹千光かがやき、花焰七枝開くの形容がふさわしかったが、その言葉も、またその言葉で形容されている巷の賑わいも、次第に普照には空虚《くうきょ》な淋《さび》しいものに感じられて来た。

半刻ほど南市の賑わいを見て、三人は積善坊付近の比較《ひかく》的静かな暗い一画へと脱《ぬ》け出した。三人は歩きながら殆ど話をしていなかったが、暗いところへ来ると、栄叡はずっとそのことを考えていたのか、四船のうち一船でも日本へ着けば、それでいいとしなければならぬ、四船とも無事に帰国するということはよほどの天佑《てんゆう》がない限り望めないことだと、そんなことをぽつんと言った。そして、

「玄昉、真備の乗った第一船に着いて貰《もら》う方がいいか、あるいは道璿の乗った第二船に着いて貰う方がいいか」

その言葉には、玄昉や真備が帰国後果すであろう文化的役割と、道璿のそれとを秤《はかり》に掛《か》け、その重さを計っているようなところがあった。普照はこうした栄叡の考え方になんとなく同調できないものを感じて黙《だま》っていた。

すると、玄朗は玄朗で、彼もまたずっとそのことを考えていたとでもいった風に、自分はこんどの一行とできることなら一緒《いっしょ》に帰りたかった、そしてよほど健康を理由

にその運動をしようかと思ったが、やっとのことで思いとどまった、若《も》し行をともにしていたら生命はなかったかも知れない、そんなことを少し陰《いん》にこもった口調で話し、「われわれの場合だって、無事に帰国できるとは決まっていないんだ。帰国できるかも知れないし、できないかも知れない。われわれはいま海の底へ沈《しず》めてしまうだけのために、いたずらに知識を掻《か》き集めているのかも知れない」

玄朗は言った。普照には、今から何年先のことか判らない自分たちの帰国のことを案じている、そんな玄朗が女々《めめ》しく感じられた。すると栄叡も玄朗の言葉に同じことを感じたのか、

「三人共別々の船に乗ればいいではないか。そしてどれか一艘が着けばいいのだ」

栄叡は言った。幾らか意地の悪い言い方だった。それで会話は途切れた。

三人はいつか再び長夏門街の燈火の光のただ中へはいっていた。前でも背後《うしろ》でも群集は押《お》し合っており、喚声《かんせい》と、叫声《きょうせい》と、金属音を混じえた歌舞《かぶ》の楽の音が四方から三人を包んでいた。時々火の粉が辺りに散った。そうした中を栄叡は上体を真直《まっす》ぐにして昂然《こうぜん》と歩いており、燈火の光で見ると、その顔はむしろ青白く見えた。玄朗は少し遅れて雑踏の中を四方から群集に押されて歩いていた。この方は顔は赤く見えた。普照は時々、冷たい眼《め》を光らせては燈火に赤くただれている夜空を仰《あお》いだ。彼《かれ》には大使

広成や副使名代のことも、そして玄昉や真備のことも、また道璿のことも、勿論気にかからないのではなかったが、それより無為に唐で半生を過して、身一つで故国へ帰って行こうとしていた、ただ一度だけ会ったことのある景雲の老いた姿が、妙に執拗《しつよう》に眼に浮《う》かんで来ていた。

大使広成らの第一船が蘇州を出てから一度越州《えつしゅう》に漂着、再び発して十一月二十日辛《かろ》うじて多禰島《たねしま》に着いたという報が洛陽に伝えられて来たのは、上元の日から一カ月ほど経《た》った二月の中ごろであった。

そしてそれと前後して、副使中臣名代の第二船が南海に漂着、全員生命だけは全《まっと》うしたという噂がはいったが、それから暫《しばら》くすると、その噂を裏書きするように名代と、彼の一行の中の何人かが再び洛陽の街に姿を現わした。普照と栄叡は名代に会って、その遭難《そうなん》を見舞った。道璿は他の多くの者と一緒に出航地蘇州に待機しているということで、洛陽には上って来ていなかった。

そしてその年の閏《うるう》十一月、そろそろ冬の寒さがきびしくなる頃に、名代らは再び帰国の途に就《つ》くために洛陽を出発した。この時玄宗は張九齢《ちょうきゅうれい》をして『日本国王に勅《ちょく》する書』を章せしめ、名代に携行《けいこう》させた。

丁度この名代らが洛陽を去る直前に、こんどは判官平群広成の第三船の消息が広州《こうしゅう》都督《ととく》*に依って報ぜられて来た。広成らは遠く林邑国《りんゆうこく》に流され、その大部分は土人に殺され、生存者は僅《わず》か広成ら四人であるということであった。玄宗はすぐ安南都護《とご》*に生存者を救うことを命じた。この第三船の報を耳にした時、普照《ふしょう》と玄朗《げんろう》は景雲のことを語り合った。生存者四名の中に、あの老いた僧侶がはいっていようとは、普照にも玄朗にも思えなかった。

翌開元二十四年の春、唐土へ来て二年余の歳月《さいげつ》を送っている日本の留学僧たちにとっては、特筆すべき事件が二つあった。一つは栄叡《ようえい》、普照、玄朗、戒融《かいゆう》の四人が大福先寺の定賓《じょうひん》に依って具足戒《ぐそくかい》を受けたことであり、一つは受戒後間もなく戒融が出奔《しゅっぽん》したことである。

戒融は同じ大福先寺に居ながら、他の三人の日本の留学僧とはあまり頻繁《ひんぱん》には往来していなかった。三人の中ではまだしも普照が一番戒融とは親しかった。一カ月に一回とか二カ月に一回とかの割で、思い出したようにお互《たが》いがお互いの坊舎を訪ねていた。

戒融が訪ねて来る時は普照はいつも机に向っていた。反対に普照が訪ねて行くと、戒融の方は自分の部屋に必ずたれか訪問者を持っていた。訪問者の顔触れは種々雑多で、唐人以外に、婆羅門僧《ばらもんそう》の居ることもあれば、また時には林邑国の僧や、新羅《しらぎ》の僧の居ることもあった。恐らく片言であるに違《ちが》いないと思われたが、戒融はそれでも兎《と》に角《かく》、そうしたいろいろな風貌《ふうぼう》を持っている異国の僧たちと談笑していた。

立春から半月程《ほど》過ぎた頃、久しぶりに普照のところを訪ねて来た戒融は、例の人を食った言い方で、近く大福先寺を脱け出して托鉢《たくはつ》の旅に出るつもりだと語った。それを聞いて普照はさして驚《おどろ》きはしなかった。いつかそうしたことを戒融は言い出すのではないかと思っていた。普照は別にそれを留めることはしないで、托鉢の旅といっても、一体どこを目指して行くのかと訊いた。すると戒融は、どこへ行くという当《あて》はない、併《しか》し、たれでも行くように結局は五台山*へでも行く以外仕方ないだろう、そしてそこから天竜山*へ行き、そのあとは方向をかえて盧山《ろざん》*へでも行くことになろうかと答えた。他人事《ひとごと》のような言い方だった。

「盧山のあとは、広い唐土を歩き廻ってみる。何かにぶつかるだろうと思うのだ」

「何かとは何だ？」

普照が訊くと、

「それは自分にも判《わか》らない。だが、この国には何かがある。この広い国を経《へ》廻《めぐ》っているうちにその何かを見つけ出すだろう。歩いてみなければ判らないことだ」

広い唐土を歩くというそのことに、現在の戒融の心は強く捉《とら》えられているようであった。普照はいかに広大な土地であるとはいえ、その中に何かがあろうとは信じられなかった。何かがあるとすれば、それはまだ自分などの知らない仏典の中にあるだろうと思った。新しい経典は続々印度《インド》からこの国へも持ち込《こ》まれつつあった。経典の林の方が、普照には唐土よりむしろ広大に涯《はて》しなく思えた。

それから四、五日の後、普照は托鉢姿の戒融を建春門に送った。早春の陽《ひ》を浴びて伊水《いすい》*の水は温《ぬる》み、河畔《かはん》の柳《やなぎ》は生暖かい風にゆったりと揺《ゆ》れ動いていた。漸《ようや》く李花《りか》の綻《ほころ》びようとする季節で、行楽の人々の姿も幾組か辺りに見受けられた。

戒融の出奔はうるさくは咎《とが》められなかった。布施《ふせ》を受けながら寺から寺へと歩き廻《まわ》っている僧侶たちは夥《おびただ》しい数に上っており、戒融の場合、唐朝からの衣服や食糧《しょくりょう》の支給を受ける資格を自ら放棄《ほうき》したことに問題はあったが、事件は幸い表立たないで、うやむやのうちに葬《ほうむ》り去られてしまった。ただ、栄叡だけは、そうした戒融の留学生としての立場を弁《わきま》えぬ行動を、許すべからざることとして非難した。

春から夏へかけて普照は三、四回、写経に没頭《ぼっとう》している業行《ぎょうこう》を郊外《こうがい》の寺へ訪ねて行った。

最初の時、普照は恐らく景雲を見舞ったであろう悲運について語ったが、写経に身も心も奪《と》られている五十近い僧は、その時だけ顔を上げて少し遠い眼をした。そしてすぐまた無関心な表情に返った。景雲の悲運について彼はついにいかなる言葉も口から出さなかった。勿論《もちろん》景雲を尊敬しよう筈《はず》はなく、といって軽蔑《けいべつ》している風でもなかったが、普照が不気味に思ったほどのみごとな無関心ぶりであった。

その時業行の机の上には『虚空蔵求聞持法《こくうぞうぐもんじほう》』*と書かれた経巻の写本が載《の》っていた。それがいかなる経典か普照は知らなかった。普照は初めてこの人物と会ってから今日までに何回かここを訪ねていたが、いつもその机の上で写している経典の名は耳にしたことのないものが多かった。業行が所持している経巻類は夥しい数量に上っていたが、その殆《ほとん》ど総《すべ》てが、二十三年前の先天二年に、長安の薦福寺に於《お》て示寂《じじゃく》した高僧義浄の訳出した経典類の転写であった。

義浄は律部に力を注ぎ、律範《りっぱん》を講じて律の弘布《ぐぶ》に務めた僧だったので、従ってその訳経の仕事も律関係のものが多かった。そんなわけで普照は時折業行のところへ、自分の求める律関係の経典のことを訊《たず》ねに行った。業行の写したものを借りて来ることもあれば、その経典の所在やその内容について教えて貰うこともあった。

業行はいつも机に向っていた。それがこの世に生を享《う》けている自分の本来の在り方でもあるかの如《ごと》く、義浄の訳出した経巻類ばかりを写していた。三回目に普照が業行を訪ねた時は、彼は『大毗盧遮那成仏神変加持経《だいびるしゃなじょうぶつしんべんかじきょう》』*の写しを机の上に拡《ひろ》げて、それと全く同じような書体で、それを写していた。業行の書体はいつも彼が原本としているものの字に似ていた。わざわざ似せて書いているとしか思われなかった。こんなところから推《お》すと、業行は自分自身のものを持っていない人物であるかのようにも思われたが、併し、明けても暮《く》れても筆を執《と》ったまま机の前から離《はな》れない業行の、それはただ一つのひそかな慰楽《いらく》のようなものであるかも知れなかった。

春訪ねて来た時もそうであったが、この時も、普照には業行がいま写している経典がいかなるものか想像がつかなかった。普照がそのことを口に出すと、業行は、この春から取りかかっているものは義浄のものではなく、主として去年九十九歳の高齢で他界した善無畏《ぜんむい》が訳出した秘密部の経軌《きょうき》であると、例のぼそぼそした口調で語った。そして、

「この前お出《い》での時は確か『虚空蔵求聞持法』だったのでしょう。二十年ぐらい前、善無畏が長安の菩提院《ぼだいいん》で訳したものです。いまここにあるものは先年大福先寺で訳した『大日経』で、密教*の教理はみなここに説かれてあります。まだほかにはあまり写されていない筈です」

業行は言った。業行は業行なりに、特殊《とくしゅ》な知己《ちき》を持っているらしく、そうした経典

類の入手の手蔓《てづる》には普照などの想像できぬものがあった。業行は義浄の訳した経巻を写すことを自分の本来の使命としていたが、義浄訳のものが手にはいらない時は、いまのように他のものをも手がけているのであった。

普照は時たましか業行を訪ねなかったが、業行と対《むか》い合って坐《すわ》っていることは好きだった。初めて彼に会った時は陰気臭《くさ》い感じだったが、度々《たびたび》会っているうちに、そうしたものは感じられなくなっていた。ただいつも貧乏《びんぼう》ゆすりしている彼を見ることだけは初めと変らなかった。

この年夏の終り頃から巷間《こうかん》では、二十二年正月以来、この地にあった唐朝が、近く西都長安に戻《もど》るという噂《うわさ》が専《もっぱ》らであった。この噂が流布《るふ》されて暫くした頃、普照、栄叡、玄朗の三人は初めて阿倍仲麻呂に会うことができた。突然《とつぜん》仲麻呂からの使いが来て、相談したいことがあるので門下外省まで御足労願いたいということであった。指定された日時に、三人の留学僧は左掖門《さえきもん》をくぐって、官庁街を形成している皇城の中へはいって行った。

門下外省は、遣唐使《けんとうし》の一行の宿舎のあった四方館から程遠からぬところにあった。そこの建物の中の一室で、三人は初めて高名な留学生上がりの唐の官吏であり、文人でもある人物と会った。この時仲麻呂は三十八歳であった。中肉中背の、昂奮というものを顔に出すことのない人物で、真備《まきび》、玄昉《げんぼう》が無表情であったように仲麻呂もまた無表情であった。彼は三人に、同胞《どうほう》に対する特別な態度は示さないで、用件だけを手短かに話した。こんど玄宗皇帝は西都長安に還幸《かんこう》になるが、若し長安に移ることを希望するなら、皇帝の駕《が》に随《したが》って西行するように取り計らうが、どうであろうかと訊ねた。栄叡と玄朗はすぐそのように取り計らって貰うことを頼《たの》み、普照は一両日決定に猶予《ゆうよ》を貰いたいと言った。普照は親しく定賓の法を受けていたので、師の意嚮《いこう》を訊いてみる必要があった。

そして二日置いて、普照はもう一度門下外省に仲麻呂を訪ねた。この時も仲麻呂はこの前の時と全く同じ態度だった。普照が自分もまた長安に行くことを希望する旨《むね》を伝えると、彼は軽く頷《うなず》いて、それではそのように手続きを取ろうと言った。ただ、こんどは訪問者が一人だったせいか、仲麻呂は一言だけではあったが、現在の普照の勉学の状況《じょうきょう》を訊ねた。

車駕が洛陽を発したのは十月二日であった。三人の日本の留学生も仲麻呂の取り計らいで、特に詔《みことのり》あって駕に随った。長安の都にはいったのはその月の二十日。この還幸の途中、玄宗は陝州《せんしゅう》に立ち寄って刺史盧煥《しろかん》の政治を賞し、その役所の壁《かべ》に親《みずか》ら賛《き》した。派手好きな玄宗らしい振舞《ふるま》いであった。

長安にはいると、こんどは三人の留学生はそれぞれ異《ことな》った寺に配せられた。栄叡は大安国寺に、玄朗は荷恩寺に、普照は崇福寺にはいった。大安国寺と荷恩寺は皇城の東方にあって近接していたが、普照のいる崇福寺は皇城の西側にあって、友のいる二つの寺とはかなり離れていた。

普照たちが西都にはいると間もなく、林邑国に漂流《ひょうりゅう》した第三船の生存者平群広成《へぐりのひろなり》ら四人が長安にはいって来た。四人とも全く別人の顔になっていた。

広成らは長安で二回正月を迎《むか》え、開元二十六年（天平十年）三月、仲麻呂の斡旋《あっせん》で、山東半島から船で渤海《ぼっかい》に出て、渤海国使と共に日本に向ったが、又々暴風雨に遭《あ》い、出羽国《でわのくに》に漂着、奈良の都にはいったのは、翌天平十一年の漸く冬の来ようとする十月十七日であった。第一船の多治比広成らが多禰島に着いたのは天平六年十一月二十日、節刀を納めたのは翌七年三月、第二船名代が帰国して拝朝したのは天平八年八月であるから、第三船の帰国は第一船からは四年半、第二船からは三年余の隔《へだ》たりを持っていた。名代らの帰国に先立つこと半歳《はんさい》、大使多治比広成は従三位中納言をもって他界していた。

第四船の消息はついにどこからも伝えられなかった。

# 二章

開元二十四年（天平八年）に玄宗の駕《が》に随って長安にはいった栄叡《ようえい》、普照《ふしよう》、玄朗《げんろう》の三人の日本の留学僧たちは、そのまま留《とど》まって長安に学んだ。長安は大唐国の都として釈教の中心であり、内外の碩学《せきがく》高徳が雲集していた。東印度から新教を持って来た達磨《だるま》戦涅羅《せんねら》*も長安にいたし、密教の高僧金剛智《こんごうち》三蔵《さんぞう》*も普照らと一緒に長安にはいり、薦福寺に留まっていた。呉道玄《ごどうげん》が景公寺に地獄変相を画《えが》いたのは普照らが長安にはいった年であり、開元二十六年には諸郡に開元寺が建てられ、二十七年には長安に般若《はんにゃ》台《だい》が建てられた。

普照は崇福寺で、最初の目的通り専ら律部の勉学に明け暮れた。崇福寺は義学*、翻《ほん》経《きよう》の方では大きい歴史を持っている寺で、日照《につしよう》三蔵*もこの寺で訳業に従事したし、法《ほう》蔵《ぞう》*の『起信論義記』もこの寺で成り、菩提流志《ぼだいるし》*の『大宝積経《だいほうしやっきよう》』の訳も亦《また》この寺で成っていた。また智升《ちしよう》*がここで『開元釈教録』の仕事を完成してからは幾許《いくばく》も経っていなかった。

またこの寺は普照たちが戒法《かいほう》を受けた定賓《じようひん》の論敵である懐素《かいそ》*が曾《かつ》て四分律宗を弘《ひろ》め

たところで、その意味では普照には多少の因縁《いんねん》があった。普照はこの寺で、法礪《ほうれい》の『四分律疏《しぶんりつしょ》』やそれを釈した師定賓の『飾宗義記《しょくしゅうぎき》』、それからまた霊祐《れいゆう》の『補釈飾宗記』等を座右に置くと共に、相対する懐素の学派にも、そしてまたもう一つの流れである南山宗*の学派にもはいって行った。こうした普照の勉学態度は栄叡には多少不逞《ふてい》に見えるようであったが、普照は純粋《じゅんすい》な学徒としての態度を構わず押《お》し通していた。栄叡の方は大安国寺にあって、師定賓の学説の流れの中だけに身を置いていた。玄朗は荷恩寺にあって、律を中心に天台と浄土*を学んでいた。長安へ来てから玄朗もまた勉学に打ち込んでおり、まだ日本には伝わっていない浄土に眼をつけるところなどは、玄朗らしいところであった。玄朗は栄叡や普照も舌をまくほど頭脳明晰《めいせき》なところはあったが、併し、一方ではそれが禍《わざわ》いして、一つのものに深くはいり込んで行けないところがあった。

そうした栄叡、普照らが突如《とつじょ》帰国を思い立ったのは、長安に五年余の歳月を送った天平十四年、即《すなわ》ち唐の天宝元年の夏であった。この早急な決意の裏には二つのものが動機となっていた。一つは最近日本から帰ったという新羅僧《しらぎそう》によって道璿《どうせん》のその後の消息が伝えられたことである。道璿は天平八年に名代《なしろ》の船で日本にはいっていたが、授戒の師として招かれたのにも拘《かかわ》らず、衆僧が足らないために、戒法を行うことができず、ただ大安寺で律蔵、行事鈔《しょう》を講じているのみだということであった。

さすがに栄叡と普照の二人はこの報《しら》せを虚心《きょしん》に聞くことはできなかった。考えてみると、長安へ来てから足かけ七年、唐土を踏《ふ》んだ時からでは既《すで》に十年の歳月が流れていた。栄叡は四十歳を越《こ》し、普照もまた四十歳に近かった。

栄叡は未《いま》だに日本に戒律が施行《しこう》されていないということを、全く自分の責任として感じて、その日から再び伝戒の師僧の招聘《しょうへい》ということが彼の頭の中を大きく占《し》めたようであった。普照とて、それを自分の責任として感じないわけではなかったが、といってそれは早急にどうするということもできない問題であった。それにいまの普照を捉《とら》えているものは他《ほか》にあった。唐土へ来て十年、漸《ようや》くこの国の慣習にも慣れ、何ものにも煩《わずら》わされぬ勉学三昧《ざんまい》の毎日が、彼の顔をより一層引き緊《し》まったものに、その眼を静かではあるが多少狂熱《きょうねつ》的なものにしていた。情欲に苦しまされた日々は既に普照にとって遠い過去のことになっていた。

たまたまこのことがあってから間もない頃《ころ》、普照は思いがけず業行の訪問を受けた。六年会わないうちに業行は窶《やつ》れていた。もともとひどく老《ふ》けて見えてはいたが、年齢《ねんれい》はまだ五十歳を三つ四つ越したぐらいの筈であった。それなのに体全体に老衰《ろうすい》のような弱りが来ている感じだった。

彼は二年前に洛陽《らくよう》から長安に移り、禅定寺に止住しているということだった。他の者なら同じ長安に居れば、二年の間には顔を合わせるとか、噂を耳にするとか、そうしたことがある筈であったが、業行の場合は例外だった。

そうした業行がわざわざ訪ねて来た以上、何か容易ならぬ用件を持っているものと思われたが、果して普照の想像通りであった。業行は、自分の写経の仕事も近く一応片《かた》がつくので、なんとかしてそれを持って日本へ帰りたいが、その方法はないものであろうかという相談であった。何回か訊き返さなければ、その意味のはっきりせぬような喋《しゃべ》り方で、しかもよく聞き取れぬような低い声ではあったが、何となくそこには思い詰《つ》めたものが感じられた。義浄訳の経典類は全部写してしまい、現在金剛智三蔵の訳した秘密経典の写経に専念しているが、ここ二、三年に金剛智が訳したものは別として、それ以前のものは間もなく全部写し終ってしまうということだった。

「帰るといわれるが、便船さえあれば一人でも帰るつもりですか」

普照が訊くと、

「勿論一人でも帰ります。なるべくなら早い方がいいんです」

そう業行は答えた。そんな言い方には無知なものさえ感じられた。そう簡単に便船があろう筈もなかったし、まして早い方がいいといったそんな贅沢《ぜいたく》なことの言えるわけのものでもなかった。今まで写経の仕事に没頭している間は帰国のことなどは全く意にも介《かい》さないでいて、いざその仕事が終るとなると、業行はこんどは一刻の猶予もなく帰国を急いでいるもののようであった。

それから数日してから、こんどは普照の方が、栄叡を誘って、二人で禅定寺に業行を訪ねて行った。この時も業行は机に対って筆を執っていた。洛陽の寺の場合とは違って、ここでは業行は自分の写した経巻類の中に身を埋《うず》めていた。栄叡も普照もすぐには部屋の中へ足を踏み込めない気持で、暫《しばら》く部屋の入口に立っていた。業行が三十余年かかって、一字一句おろそかにせず写し取った夥《おびただ》しい経巻の束《たば》は恰《あたか》も業行を世俗の世界から遮断《しゃだん》している壁のように、きちんと整頓《せいとん》されて彼の机の周辺に堆高《うずたか》く積み上げられてあった。

「この前の遣唐船に、このうちの半分でも託《たく》すとよかったんですがね」

栄叡が言うと、業行は俯《うつむ》いたまま、

「人に頼めるといいんですが、併《しか》し、いざという時にはこの経本の身替《みが》わりになって、自分の体を海に投ずる人でなければ困ります。そういう人はいないでしょう。やはり私が持って行くよりほか仕方がないんです」

と言った。ぼそぼそした口調だったが、あるきびしさがあった。栄叡にしても普照にしても、返す言葉はなかった。

その業行訪問の翌々日、栄叡は普照のところへやって来ると、少し蒼《あお》ざめた面持《おももち》で、

「いま、自分たちのやるべきことは、業行の写した夥しい経巻を日本へ持ち込むことと、然《しか》るべき伝戒の師をこんどは何人か日本へ送り込むことの二つだと思う。それ以外に何があるだろう。俺《おれ》はこれからこの仕事に全力を尽《つく》そうと思う」

と言った。その栄叡の言葉には一種の決意のようなものが感じられた。普照が初めて業行に会った時、業行は自分で勉強しようと思って何年か潰《つぶ》したのが失敗だった、自分が幾ら学んでもたいしたことはないことに早く気づいて写経の仕事に取りかかるべきだったと言ったが、曾て業行を見舞《みま》ったそれと同じような日本留学僧としての使命感の一種の転機が、いま栄叡をも見舞っているようであった。併し、普照自身はそうした気持にはなれなかった。自分自身を、己《おの》が自己完成を、戒法の招請《しょうせい》とも、業行の写した夥しい経巻類とも、取り替《か》える気にはならなかった。

栄叡はそんな普照には構わず、これからこれはと思う人物に白羽《しらは》の矢を立て、それに当って渡日《とにち》を交渉《こうしょう》してみようと思う、こちらの誠意が伝われば乞《こ》いに応じてくれる人も何人か居《い》るだろう、そして、

「便船の方は必ずしも当《あて》がないわけではない」

と言った。栄叡の配せられている同じ大安国寺に道抗《どうこう》という僧侶《そうりょ》がいるが、彼《かれ》は宰《さい》相李林甫《しょうりりんぽ》の兄である林宗の家僧である。道抗を通じて林宗に、さらに宰相林甫に頼み込めば、何とか船を仕立てるぐらいの便宜《べんぎ》は与《あた》えられるだろう。これが栄叡の考えであった。

普照もまた結局最後にこの栄叡の提案に同意したが、彼の場合それは全く別の事情からだった。一年程前から普照は自分の健康状態に不安なものを感じていた。少しのことで疲労《ひろう》が甚《はなは》だしく、すぐ熱発し、食欲《しょくよく》は目立って衰《おとろ》えていた。栄叡はそれを過度の勉学に依《よ》る疲労だと見做《みな》していたが、普照はそうとばかりは考えていなかった。こうした自分の体に対する自信のなさが、普照に栄叡たちと別れて一人で大陸に留まっている気にはさせなかった。帰国できるというならやはり帰国すべきであろうと思った。次の遣唐船の来るのを待っていては、いつのことになるか判《わか》らなかった。

栄叡はそれから一カ月程の間に、彼の周辺の四人の僧に渡日の話を持ちかけて、それを承諾《しょうだく》させた。一人は栄叡が便船を得るため事情を打ち明けた時、はからずも東遊に心を動かして来た道抗である。それから長安の僧澄観《ちょうかん》と、洛陽の僧徳清《とくせい》、高麗《こうらい》の僧如海《じょかい》の三人も渡日することになった。いずれも、栄叡や普照が長安へ来てから知り合った僧たちであった。

この中で道抗が渡日を承諾したことは予想していないことであったが、一行の計画には頗《すこぶ》る好都合であった。宰相李林甫に会うきっかけを得られるばかりでなく、道抗の師は揚州の高僧鑒真《がんじん》*だったので、これまた道抗を通じて、鑒真に彼の多勢の弟子の中から適当な伝戒の師僧を推挙して貰《もら》うことの便宜が得られる可能性があった。道抗、澄観、徳清、如海らはいずれも多年律を学んでいたが、勿論伝戒の師とするには未《いま》だ充分《じゅうぶん》でなく、他に然るべき学徳共に具《そな》わった僧を探さなければならなかった。

栄叡と普照は、それから幾許《いくばく》もなくして、道抗から林宗、林宗から林甫へという手順で、時の宰相李林甫に会うことができた。林甫はこの時四十歳《さい》であった。唐の宗室《そうしつ》の出で、下級官吏から身を起し、後宮と結んで玄宗に取り入り、忽《たちま》ちのうちにのし上がって宰相の地位に上った人物で、この時は彼の生涯《しょうがい》での全盛時代であった。「性狡《こう》慧《けい》、口に蜜《みつ》あり、腹に剣《けん》あり」と評せられ、権謀術策《けんぼうじゅつさく》を弄《ろう》し、後年大唐帝国《ていこく》腐敗《はい》の因を作った人物であったが、こうした場合には却《かえ》って話が判って、事を簡単に運ぶことができた。

二人が日本への帰国の便を乞うと、林甫は眼《め》の冷たい唇《くちびる》の薄《うす》い顔を少しも動かさないで、遠くに視線を置いたままで言った。

「表向きは天台山へ奉納《ほうのう》するものを持って、陸路は難が多いので海路を行くということにして貰いたい。順風を得たらそのまま渡航すればいいし、逆風のため漂流した場合は、天台へ行く公文書がものをいうだろう」

そして彼は、二人の日本僧の見ている前で、揚州《ようしゅう》の倉曹《そうそう》参軍事*李《り》湊宛《そうあて》に、「大舟を作り、粮《かて》を備えて、送遣《そうけん》すべし」という紹介状《しょうかいじょう》とも命令書ともつかぬようなものを書いてくれた。

栄叡《ようえい》、普照《ふしょう》は長安を発《た》つのを冬の初めと決めた。玄朗《げんろう》も勿論行を共にすることになった。これに先立って、業行《ぎょうこう》は一人で長安を発ち、洛陽に向った。一行とは揚州の大明寺に於て落ち合う約束《やくそく》だった。業行は自分が写した経巻類をまだ相当量各地の寺々に預けてあり、それらを蘇州出発までに手許《てもと》に集めなければならない仕事を持っていた。

栄叡、普照、玄朗らは、唐僧三人、高麗僧一人を連れて、七年を過した西都長安を発した。天宝元年の冬の初めであった。陸路汴州《べんしゅう》に到《いた》り、それより大運河を下って一路揚州に向う。運河の両岸の柳《やなぎ》の老樹は黄ばみ、水際《みずぎわ》の蘆《あし》は枯《か》れて、すでに蕭条《しょうじょう》たる冬の眺《なが》めである。

この船旅の間中、栄叡は口数少く、いつも腕を組んでむっつりとしていた。彼は日本に戒法を伝える師として鑑真その人に東遊して貰えないものだろうかという全く新しい一つの夢《ゆめ》に取り憑《つ》かれ始めていた。そして若《も》しこれが実現するなら、それの遂行《すいこう》と、業行がその生涯をかけて写し取った経巻類を運ぶ二つのことのためには、自分たちが学半ばにして帰国することなどいかに小さい問題であろうかと思った。大唐国から貴重なものを劫掠《ごうりゃく》して行く昂奮《こうふん》が栄叡の顔を終始むしろ気難しいものに見せていた。

普照は揚州に近づくにつれ次第《しだい》に気持が重くなって来ていた。彼の場合はまだ唐土に未練があった。長安にも、崇福寺にも、そして彼がまだ繙《ひもと》かない無数の経典類にも未練があった。玄朗の方は船に乗ってから急激に昂《たか》まって来た故国への思慕《しぼ》と、渡航に対する不安とに交互《こうご》に襲《おそ》われていた。彼はひどく怠惰《たいだ》になっていた。

一行が揚州についたのは十月の半ばを過ぎていた。揚州は長安、洛陽の二京に次ぐ大都会で、ここには大都督府が置かれ、淮南道《わいなんどう》採訪使*が常駐《じょうちゅう》していた。一行は揚州に着いた日、宿舎の既済寺に旅装《りょそう》を解くと、すぐ鑑真に会うために大明寺に出かけて行った。

揚州の街は採訪庁以下の官庁が並《なら》んでいる丘陵《きゅうりょう》地帯の子城《しじょう》と、子城の南方平地に長方形に拡《ひろ》がっている商舗街《しょうほがい》の羅城《らじょう》の二区に分れていたが、大明寺は子城の方の西南角にあって、相対する大伽藍《だいがらん》と、九層の塔《とう》とを持つ大きい寺であった。

この寺の一室で、一行は鑑真と会った。鑑真の背後には三十数人の僧が控《ひか》えていた。この時鑑真は五十五歳であったが、骨格のいかにもがっちりした感じの大柄《おおがら》な人物で、額は広く、眼も鼻も口も大きくしっかりと坐《すわ》っており、頂骨は秀《ひい》で、顎《あご》は意志的に張っていた。普照の眼には、淮南江左《わいなんこうさ》、浄持戒律《じょうじかいりつ》の者、鑑真独り秀で、これに及《およ》ぶものはないといわれている高名高徳な僧は、故国の武将に似ているように見えた。

道抗が鑑真に一行を紹介し終ると、栄叡は、仏法東流して日本に来たが、単に法が弘布《ぐぶ》しているばかりで、未だに律戒の人がない、適当な伝戒の師の推薦《すいせん》を賜《たまわ》りたいと言った。栄叡はまた聖徳太子のことを話し、太子が二百年後に聖教大いに興《おこ》るという予言*をしたが、その気運が今や起ろうとしていることを伝えた。それからまた現在日本には舎人皇子《とねりのみこ》があって、皇子がいかに仏法を信奉し、伝戒の師僧を求めるに熱心であるかをも語った。

話を聞き終ると、鑑真はすぐ口を開いた。大きい体軀《たいく》から出る声は意外に低かった。諄々《じゅんじゅん》と説くようなその口調には魅力《みりょく》があった。

「私は聞いている。昔南岳《なんがく》の思禅師《しぜんじ》*は遷化《せんげ》の後、生を倭国《やまとのくに》の王子に託して仏法を興《こう》隆《りゅう》し、衆生《しゅじょう》を済度されたということである。またかかることも聞いている。日本国の長屋王子《ながやのおおぎみ》*は仏法を崇敬《すうけい》して、千の袈裟《けさ》を造ってこの国の大徳衆僧に施《ほどこ》された。その袈裟には四句が縫《ぬ》いとりされてあった。――山川域を異にすれども、風月天を同じゅうす。これを仏子に寄せて、共に来縁を結ばん。――こういうことを思い併《あわ》せると、まことに日本という国は仏法興隆に有縁《うえん》の国である。いま日本からの要請《ようせい》があったが、これに応《こた》えて、この一座の者の中でたれか日本国に渡《わた》って戒法を伝える者はないか」

たれも答える者はなかった。暫くすると祥彦《しょうげん》という僧が進み出て言った。

「日本へ行くには渺漫《びょうまん》たる滄海《そうかい》を渡らねばならず、百に一度も辿《たど》りつかぬと聞いております。人身は得難《えがた》く、中国には生じ難し。そのように涅槃経《ねはんぎょう》*にも説いてあります」

相手が全部言い終らぬうちに、鑒真は再び口を開いた。

「他にたれか行く者はないか」

たれも答える者はなかった。すると鑒真は三度口を開いた。

「法のためである。たとえ渺漫たる滄海が隔てようと生命を惜《お》しむべきではあるまい。お前たちが行かないなら私が行くことにしよう」

一座は水を打ったようにしんとなっていたが、総《すべ》てはこの間に決まったようであった。

訪問者の中では栄叡が初めに口をきいただけで、あとの者は一言も言葉をさし挟《はさ》むすきはなかった。普照は自分が奇妙《きみょう》な、名状し難い酩酊感《めいていかん》の中に置かれているのを感じていた。三十余人の僧の頭は悉《ことごと》く深く垂れていた。それは鑒真と共に渡日することの承諾を意味していた。鑒真は一人一人の名を口から出した。するとそれに応じて一つずつ頭が上がって行った。十七の頭が上がると、鑒真はそれで名を呼ぶことはやめた。鑒真と、十七名の高弟が日本へ渡ることが須臾《しゅゆ》の間に決まったのである。

日本僧の一行は宿舎の既済寺に帰るために大明寺を出た。大明寺のある丘《おか》の上からは下町の羅城一帯が見渡せた。中央を南北に大運河が貫流し、東西に十二条の街路が通っている。この町にあるものは土まで香《かお》るという詩の一句を普照は曾て読んだことがあった。大小の河川にかかっている二十四あるという橋の幾《いく》つかも、そして運河の岸に建ち並んでいる倉庫の屋根も、それから大小の伽藍《がらん》も、その間を埋めている樹木の茂《しげ》みもみな冬の陽《ひ》に冷たく輝《かがや》いている。いまの普照には確かに眼に映るものの総てが香気《こうき》あるものに見えた。大明寺の一室で受けた酩酊感から彼はまだ解放されていなかった。

一行はすぐその日から南郊《なんこう》にある宿舎の既済寺を根拠地《こんきょち》として、帰国の準備にとりかかった。半月程遅《ほどおく》れて業行は揚州にはいり、既済寺にやって来た。二頭の馬と、三人の人夫が彼の荷物を荷《にな》っていた。

業行の到着《とうちゃく》した日に、四人の日本僧と三人の唐僧と一人の高麗僧《こうらいそう》は、それぞれ郊外の寺へ分宿することにした。官憲の眼を免《まぬか》れるためであった。もともと四人の日本僧の帰国のための渡航さえ非合法的なものであったが、況《ま》して唐土から鑒真ら十八名、道抗ら四名、総勢二十名を越《こ》える一団が日本へ渡るということは表向きには許さるべきことではなかった。事はすべて隠密《おんみつ》に運ばなければならなかった。

既済寺には栄叡一人が留まることになり、ここを一行の本拠とすることにした。鑒真もやがてここに移って来る筈であった。普照、業行はその日のうちに大明寺に移り、玄朗は開元寺に移った。

それから栄叡と普照は毎日のように顔を合わせて渡航準備に没頭《ぼっとう》した。二人は宰相林甫からの紹介状を持って倉曹李《そうそうり》湊《そう》に会った。船は揚子《ようす》江《こう》口の新河*で造られることになった。普照たちは李湊に会ってから知ったことであるが、李湊は林甫の甥《おい》で、林甫は倉曹参軍事の要職に己が一族の者を配していたのであった。李湊は画家としても高名で、『歴代名画記』は、「筆迹《ひっせき》は疎《そ》散《さん》なり、その媚《び》態《たい》を言わば則《すなわ》ちその美を尽《つく》せり」と評している。後年、林甫の死と共に起った政変のために失脚《しっきゃく》、明州《めいしゅう》象山県《しょうざんけん》の尉《い》に貶《へん》せられた人物である。

一行の出発は好風のある翌天宝二年の春まで待つことになった。その間に食糧《しょくりょう》が集められ、それらは次々に既済寺へと運び込まれた。

鑒真は俗姓《ぞくせい》は淳于《じゅんう》、則天武后の垂拱《すいきょう》四年（西紀六八八年）に揚州江陽県に生れた。持統天皇の二年に当る年である。

鑒真の幼少時代については史書は何も語っていないが、武后が唐の宗室《そうしつ》を倒《たお》し、国号を改めて周とし、親《みずか》ら帝と称したのは、鑒真三歳の時である。父は州の大雲寺の智《ち》満《まん》禅師に就《つ》いて戒を受け禅門を学んだが、その父に連れられて大雲寺に詣《もう》でたのは、鑒真十四歳の時である。この時鑒真は仏像を見て大いに心を動かし、父の許しを得て出家の決心をした。そして智満を師として沙弥《しゃみ》*となり、配せられて大雲寺に住し、後に竜興寺に移った。

神竜元年、十八歳の時、鑒真は道岸《どうがん》律師に就いて菩薩戒《ぼさつかい》*を受け、景竜《けいりゅう》元年、二十歳の時、志を立てて巡錫《じゅんしゃく》の旅に上り、まず洛陽にはいり、次《つ》いで長安にはいった。そして二十一歳の時、長安の実際寺に於《お》て登壇《とうだん》、具足戒《ぐそくかい》を受けた。実際寺は朱雀《すざく》街の西、太平坊の西南隅にある寺で、三論の学者吉蔵《きつぞう》もここに住し、ここに寂《じゃく》し、浄土門の高徳善導《ぜんどう》もここで法を説いた。授戒の師は荊州《けいしゅう》南泉寺の弘景《こうけい》律師であった。弘景は朝廷《ちょうてい》の帰依《きえ》厚く、則天、中宗の朝より三度勅《ちょく》に依《い》って山を出で、宮中に入り、授戒の師となった人である。

青年時代の鑑真は東西両京に於て三蔵《さんぞう》*の究学に明け暮《く》れた。融済《ゆうさい》に就いて道宣《どうせん》の『四分律行事鈔』『注羯磨《ちゅうかつま》』『量処軽重儀』等を学び、義威《ぎい》について法礪《ほうれい》の『四分律疏《りつしょ》』を学んだ。次に西明寺の遠智《おんち》にも法礪の律疏を、長安観音寺の大亮《だいりょう》にも礪疏を聴《き》いた。融済、義威共に、その伝は明らかでないが、遠智、法礪と共にいずれも西塔宗の名識満意《まんい》の門で、名声は一世に高かった。

開元元年、二十六歳の時、鑑真は初めて講座に上って律疏を講じた。そして間もなく、淮南《わいなん》の地に帰り、三十一歳にして『行事鈔』『量処軽重儀』を、四十歳にして『羯磨疏《かつましょ》』を講じた。前後大律および疏を講ずること四十遍《べん》、『律抄』を講ずること七十遍、『軽重儀』『羯磨疏』を講ずること各十遍、人を度し、戒を授けること四万余人。

栄叡、普照が会った頃の鑑真について、『唐大和上東征伝《とうだいわじょうとうせいでん》』*は僅《わず》かに記している。

――「江淮《こうわい》間に独り化主《けしゅ》たり。仏事を興建して群生を済化す。そのこと繁多《はんた》にして具《つぶさ》に載《の》すべからず」

栄叡、普照らは渡航の準備をほぼ九分通り終えて天宝二年を迎《むか》えた。船は三月の初めに出来る予定で、船が出来上がり次第、順風を待って発する手筈になっていた。

三月にはいると、台州、温州、明州等の沿岸地方に海賊《かいぞく》が出没して海路を塞《ふさ》ぎ、ために公私の航行は全く絶えてしまったので、船は出来上がったが、一行は出航を一時見合わせなければならなくなった。こうして三月を送り、四月を迎えた。そして四月も終ろうとする頃、道抗《どうこう》が栄叡と普照のところへやって来て、

「われわれがいま日本へ向うのは戒法を伝えるためである。一行の者はみな行業粛《ぎょうごうしゅく》清《せい》の人ばかりであるが、ひとり如海《じょかい》は素行収まらず、学行も乏《とぼ》しい。一緒《いっしょ》に連れて行くのは見合わせるべきではないか」

と言った。高麗僧如海は道抗のいう通りの人物ではあったが、この時は栄叡も普照も道抗の言を取り上げなかった。併《しか》し、このことがあってから間もなく、四人の日本僧のいる寺は役人の検索《けんさく》を受けた。問題の如海が、自分一人が渡航から除外されると思って、道抗を海賊の首領とし、日本僧をその一味として採訪使の庁へ訴えたためであった。

そしてその検索の翌日、捕吏《ほり》がやって来た。普照、業行、玄朗はそれぞれ寝込《ねこ》みを襲われて、そのまま引き立てられ、栄叡の方は逃《のが》れて既済寺の池の中へ匿《かく》れたが、間もなく発見されて濡《ぬ》れ鼠《ねずみ》のまま捕《とら》えられた。道抗は逃れて民家へ匿れたが、翌日発見されてこれも捕縛《ほばく》された。

取調べは長くかかった。既済寺から莫大《ばくだい》な量の海粮《かいろう》(航海用食糧)が発見されたこ

と、船を造ったことが問題になった。栄叡と普照は海路に依って天台山国清寺《こくせいじ》*へ行くつもりだったと弁明したが、なかなか取り上げられず、結局取調べは宰相から李湊《りそう》に送った文書にまで及んで、それに依って海賊でないことは証明されたが、すぐには釈放にならなかった。誣言《ぶげん》した如海は罰《ばっ》せられて、杖《じょう》で打たれること六十、還俗《げんぞく》させられて本籍地送還《ほんせきちそうかん》となった。

日本僧四人については、揚州はその処分方の指令を中央に仰《あお》いだ。上奏文は外国僧のことを取り扱《あつか》っている鴻臚寺《こうろじ》に廻《まわ》され、鴻臚寺ではそれぞれ最初に四人の日本僧が配せられた寺に身許を照会した。栄叡、普照らを預かった洛陽《らくよう》の大福先寺からの返事は、「その僧ら開元二十四年駕《が》に従って去りしまま、更《さら》に来見せず」とあった。業行の方はどういうものか名簿《めいぼ》から名前が消えていた。

鴻臚寺は大福先寺からの報に依って奏文し、やがて勅は揚州に下った。――その僧栄叡らは既《すで》にこれ蕃僧《ばんそう》なり。朝に入って学問す。年毎《ごと》に絹二十五疋《ひき》を賜《たま》い、四季に時服を給し、兼《か》ねて随駕《ずいが》に預かる。これ偽濫《ぎらん》に非《あら》ず。今国に還《かえ》らんと欲《ほっ》す。意のままに放ち還せ。宜《よろ》しく揚州の例に依って送遣すべし。

宰相李林甫の好意的な処分であることは明らかであった。栄叡らは四月に獄《ごく》に投ぜられ、放免《ほうめん》されたのは秋八月であった。便船のあるまでは、従前通り官の支給を受けて生活し、便船のあり次第揚州の採訪使庁の指図で帰国させられることになった。四人は宿舎として民家の一室を当てがわれた。

思いがけない事件で渡航計画は失敗したが、自由になると間もなく、栄叡と普照はひそかに大明寺に鑑真《がんじん》を訪ねた。二人は鑑真に再度の東征を懇願《こんがん》するつもりだったが、鑑真の決心は少しも変っていなかった。案ずるには及ばない、ものごというものはとかくこういうことになりがちなものである、渡日のことは、方便を求めて必ず本願を遂《と》げるつもりである、ただ前に用意した船や物は用いないことにした方が安全であろう、こう鑑真は言った。かくして再度の準備はすぐ始められることになった。

鑑真の決心は変らなかったが、肝心《かんじん》の内輪の方に思いがけない二人の脱落者《だつらくしゃ》が出た。一人は道抗ですっかり日本熱がさめてしまい、健康がすぐれないことを理由にして、さっさと荷物をまとめて、長安へ帰ってしまった。

もう一人は玄朗《げんろう》で、小舟に依る渡航を危険に思って、次の遺唐使船が来るまで渡航を見合わせると言い出した。玄朗は帰国したいことは帰国したいが、仲間の無謀《むぼう》な冒険《けん》に身を託《たく》することはごめん蒙《こうむ》りたいというわけであった。そして彼は自分で採訪使庁へ出かけて行き、このことを申し入れ、揚州の地から離《はな》れ、再び長安に戻《もど》ることになった。栄叡は鑑真和上さえ身命を賭《と》して海に浮《う》かぼうとしている、それなのにどうしてその舟に乗り得ないかと、玄朗の態度を詰《なじ》ったが、普照は栄叡をなだめて、とにかく一夕《いっせき》唐土に一人残る玄朗のために別離《べつり》の宴《えん》を張った。

その席上で、また一人の脱落者ができた。業行《ぎょうこう》であった。彼は低い声で、自分もやはり見合わせようと呟《つぶや》くように言い出した。鑒真和上と同船すると、全部の者が和上第一に考える。高徳な学僧であるから、それは当然な処置であるが、その点が自分には不安に思われる。言葉が足りないので、何が不安なのか業行の言うことは栄叡にも普照にもよく飲み込めなかったが、ただ彼がこんどの渡航を拒否《きょひ》していることだけは明らかであった。栄叡も普照も黙っていた。業行が言い出したからには、最早《もはや》、その決心を翻《ひるがえ》させることはできないことを知っていた。

普照は二、三日してから、改めて業行に彼の気持を訊《き》いてみた。すると業行は、思い詰《つ》めた者の表情で、船に水がはいった場合、みんな和上を助けることにかかって、自分の経巻類は打ち棄《す》てられる心配がある。そうした船へ大切な経巻類を積み込むわけには行かないと、乗船を拒《こば》むに到った自分の気持を説明した。普照はそれに対して、そうしたことはないとは言えなかった。いざという場合和上を助けるか、業行の写した経巻の山を助けるかというと、普照とて和上を助けないわけには行かなかった。

普照がそうした業行の気持を栄叡に伝えると、栄叡はちょっと考えていたが、自分も業行の考えに賛成すると言った。

「鑑真和上も大切であるし、あの厖大《ぼうだい》な経巻類も大切である。もし本当にその二つのものを故国のために大切に思うなら、それはやはり業行のいうように別々の船に託すべきだろう」

それから三、四日して、普照はこんどの業行の宿舎である郊外の禅智寺の坊舎《ぼうしゃ》の一室へ彼の荷物を運ぶ手伝いをした。業行はこのまま揚州に留《とど》まっていて、別の便船を待つということだった。禅智寺の境内《けいだい》の一角からは台地の裾《すそ》を走っている運河が見降ろせた。運河には舷々相摩《げんげんあいま》するようにして夥《おびただ》しい数の大小の舟が詰まっていて、どの舟にも何事かを大声で叫《さけ》びながら、忙《いそが》しそうに体を動かしている舟夫《かこ》の姿が見えた。

業行のこんどの宿舎は、普照の知っている洛陽と長安の彼の前の二つの宿舎よりも明るかった。業行はここで次の便船を得るまで、また写経の仕事に没頭するわけであったが、その止住する坊舎の明るいことは、業行の机に向っているうそ寒い姿を知っている普照には、業行のために何よりも悦《よろこ》ぶべきことに思われた。

あわただしく秋が過ぎ、冬にはいった。この年の冬は例年になく暖かく、揚州の地は雪を見なかった。

渡船の準備は着々進められていた。こんどは鑒真が出した八十貫《かん》の銭《ぜに》が渡航費用に充《あ》てられた。それで嶺南道《れいなんどう》採訪使劉巨鱗《りゅうきょりん》の軍舟一隻《せき》を購入《こうにゅう》し、水手《かこ》十八人を雇《やと》い、海粮を用意することができた。

劉巨鱗から軍舟を得たのは十二月であったが、丁度この頃《ころ》、海賊呉令光《ごれいこう》は永嘉郡《えいかぐん》に寇《こう》し、江浙《こうせつ》の海辺には警備の烽火《ほうか》がしきりに上がっていた。こうした時に軍舟を売る劉巨鱗という人物が、普照たちにはひどく奇異に感じられたが、彼は後年瀆職《とくしょく》の罪で生命を棄てる運命を持った人物であった。

十二月にはいると、大明寺内の空気にも何となく騒然《そうぜん》としたものが感じられた。鑒真に相従う者は、僧では祥彦、道興《どうこう》、徳清《とくせい》、思託《したく》*を初めとして、栄叡、普照を入れて十七人、前回の時よりは少し減っていた。他に玉作人、画師、彫刻家《ちょうこくか》、刺繡《ししゅう》工、石碑《せきひ》工ら、水手と併せて総員百八十五人。

この時、鑒真の準備した将来品は、金字華厳《けごん》経一部、金字大品《だいぼん》経一部、金字大集経一部、金字大涅槃《ねはん》経一部、その他雑経章論疏計一百部。仏像類では、画五頂像一鋪《ぽ》、宝像一鋪、金漆泥《きんしつでい》像一軀《く》、六扇仏菩薩障子《ろくせんぶつぼさつしょうじ》一具《ぐ》。また仏具類では、月齢《げつれい》の障子一具、行天《ぎょうてん》の障子一具、道場幡《どうじょうばん》一百二十口、珠幡《しゅはん》十四条、玉環《ぎょくかん》の手幡八口、螺鈿経函《らでんきょうばこ》五十口、銅瓶《どうへい》二十口、華氈《かせん》二十四領、袈裟《けさ》一千領、褊衫《へんさん》一千対《つい》、坐具《ざぐ》一千床、大銅《だいどう》盂四口、

竹葉蓋《ちくようがい》四十口、大銅盤《だいどうばん》二十面、中銅盤二十面、小銅盤四十四面、一尺面の銅畳《どうじよう》八十面、小銅畳二百面、白藤簟《はくとうてん》十六領、五色の藤簟六領。

それから薬品、香料の類は、麝香《じやこう》二十剤、沈香《じんこう》、甲香《こうこう》、甘松香《かんしようこう》、竜脳香《りゆうのうこう》、胆唐香《たんとうこう》、安息香、桟香《さんこう》、零陵香《れいりようこう》、青木香《せいぼくこう》、薫陸香《くんりくこう》、あわせて六百余斤《きん》。畢鉢《ひつはつ》、呵梨勒《かりろく》、胡椒《こしよう》、阿魏《あぎ》、石蜜《せきみつ》、蔗糖《しよとう》等五百余斤、蜂蜜《はちみつ》十斛《と》、甘蔗八十束。その他雑品には、青銭一万貫、正炉銭《せいろせん》一万貫、紫辺銭《しへん》五千貫、羅《ら》の襆頭《ぼくとう》二千枚、麻靴《あさぐつ》三十量、帞胄《たいちゆう》三十個といったものである。

準備全く成って、人と物とをこぼれるように満載《まんさい》した軍船が、ひそかに揚州を発したのは十二月下旬、月明の夜であった。

帆《ほ》を挙げて大江を降《くだ》った。狼溝浦《ろうこうほ》（江蘇省太倉）まで来ると、月は赤くなり、悪風が吹《ふ》き始め、波浪《はろう》は高くなった。ひとまず海岸に船を繋《つな》ぎ、一夜を明かすことになったが、舟を海浜《かいひん》に近づけた時、激浪《げきろう》のために船の舳《へさき》の方が破れて海水が浸入《しんにゆう》して来た。已《や》むなく百八十五人の乗員は船を棄てて岸に上がった。暫《しば》くすると、こんどは岸へ潮が押《お》し寄せて来た。栄叡《ようえい》、普照《ふしよう》、思託《したく》の三人は鑒真を烏蓲《うきゆう》（蘆《あし》）の上に移し、鑒真以外の者は一人残らず水の中にいた。一晩中寒風は吹き荒《すさ》び、水は冷たく骨の凍《こお》る思いであった。

翌日風が収まったので、一行は船を修理して、再び海に浮かんだ。そして江蘇の海中にある大板山（馬鞍《ばあん》列島の中の島）まで辿《たど》り着いたが、依然《いぜん》としてまだ波浪高く、船を泊《はく》することができず、下嶼山《かしょざん》に行き、そこに碇泊《ていはく》した。そしてここで一カ月を過した。

再び順風を得て、船は桑石山《そうせきざん》（衢《く》山《ざん》列島中の島）を指して発した。又々海上は波浪高く、それでも桑石山へ着くだけは着いたが、岸には岩礁《がんしょう》が散らばっていて、船を近づけることはできなかった。已むなく後退することにしたが、この後退も思うようにできず、波浪は船を遠く沖《おき》へ運んで行っては、やがてまた岸の方へ連れ戻した。そうしたことを何時間か繰《く》り返し、最後に船は岩礁の上に坐礁《ざしょう》するに至った。乗員の半分は辛《かろ》うじて船を降りたが、残りの半分は船に乗ったまま岸に打ち上げられ、打ち上げられると同時に船体は幾つかに割れた。

夜が明けてみると、船に積み込んだものは悉《ことごと》く浪《なみ》にさらわれていて、食糧もなく飲料水もなかった。人々のいるところは大岸壁《だいがんぺき》の裾の荒磯で、陸伝いにどこへ行きようもなかった。饑餓《きが》と渇《かわき》に苦しみながら、百八十五人の乗員は狭《せま》い荒磯の上に坐《すわ》って三日を過した。

三日経《た》つと風は漸《ようや》く収まり、紺碧《こんぺき》に晴れ渡った空が見え出し、冬の弱い、併し明るい陽《ひ》の光が異様な風体《ふうてい》の難破人たちの上に降った。四日目の夕刻漁船に発見され、一行はその漁船から米と水とを貰《もら》った。

五日目の夕刻、海上警備の官船がやって来て事情を聴取《ちょうしゅ》して帰って行った。そしてそれから三日後に難破人たちは自分たちを収容するために一隻《せき》の官船が近づきつつあるのを見た。

一行はその島の荒磯から官船に乗り移らされた。揚州を発してから、四十日目のことである。百八十五人の乗員は官船の板子の上に坐ると、みんな憑物《つきもの》がおちたような顔をして、お互《たが》いに黙りこんだまま焦点《しょうてん》のない眼《め》を海の向うに向けていた。船の進む行手行手には、よくもこれほど島というものがあると思われるほど大小無数の島々が現われた。海は静かだった。曾《かつ》て自分らを乗せた船を木の葉のように弄《もてあそ》び、微塵《みじん》に砕《くだ》き、人間だけを荒磯に打ち上げ、他の総《すべ》てをどこかへ持ち去って行ってしまったその同じ海とは、とうてい思えない穏《おだ》やかさであった。船に積み込んだ厖大な将来品の総ても今は失《な》くなっていた。経巻も、仏像も、仏具、医薬品も、一物残らず海底に沈《しず》んでしまっていた。

普照は、業行が写した経巻類を積み込まなかったことが、せめてもの倖《しあわ》せだったと思った。若《も》し業行が自分たちと行を共にしていたら、彼《かれ》の大陸における三十幾年かの努力は、文字通り水泡《すいほう》に帰してしまっていた筈《はず》であった。

栄叡は官船に乗り移ってから普照のところへやって来て言った。

「鑒真和上はまだ渡日《とにち》の意志を棄ててはいない。われわれはこれから鄮山《ぼうざん》の阿育王寺に連れて行かれ、そこに収容されることになるらしいが、和上はそこで再挙を図《はか》ると言っておられる」

普照はその栄叡の言葉を多少異様な気持で聞いた。いま身ひとつで漸く官船に救われたという時、早くも再挙のことを考えているのは、乗員の中では鑒真と栄叡の二人しかあるまいと思われた。鑒真は船から支給された衣類を纏《まと》って船の舳先《へさき》近くに坐っており、そしていつも影《かげ》の形に添《そ》う如《ごと》く付き随《したが》っている祥彦《しょうげん》、思託、道興らがいまもその背後に控《ひか》えていた。鑒真以外のものは殆《ほとん》ど全部が半裸体《はんらたい》であった。一月下旬の海風の冷たさは一刻も彼らの体を静止させておかなかった。官船は船に溢《あふ》れる半裸の難破人たちを明州（浙江省寧波《せっこうしょうニンポー》）の海岸へと運んで行った。

百八十五人の乗員は再び大陸の土を踏《ふ》んだ。揚州を発して、揚子江を下り、江口に散在する馬鞍群島中の幾つかの島々の間を徒《いたず》らに漂浪《ひょうろう》に弄ばれ、それから官船に救助されて、舟山群島《しゅうざん》の間を縫《ぬ》って、いま杭州湾《こうしゅう》の一角に連れ戻されたというわけであった。

一行は海浜の部落で何日かを過した。明州の太守が中央に一行の処分を申請《しんせい》したので、その指令が来るまでそこで待たねばならなかった。そして二十日程《ほど》経って、乗員の大部分の者はそれぞれの故国へ引き揚《あ》げさせられ、十七人の僧侶《そうりょ》たちだけが阿育王寺に収容されるという申し渡《わた》しがあった。

明州《めいしゅう》は数年前までは越州《えつしゅう》に属していたが、去る開元二十六年に独立して一州となり、鄮山、奉化《ほうか》、慈谿《じけい》、翁山《おうざん》の四県が置かれていた。阿育王寺は鄮山の県治から東へ五十支里の地点にある古刹《こさつ》で、寺の後方には小丘《しょうきゅう》があり、広い境内には竹林が多かった。曾ては宏壮《こうそう》な堂塔伽藍《どうとうがらん》があったが、百七十年程前の建徳五年に火災を蒙り、現在の堂《どう》宇《う》はそれ以後建てられたもので、小さい上に荒廃《こうはい》していた。往時の壮観を偲《しの》ぶよすがはなかったが、併し、数々の古譚《こたん》や伝説がこの古い寺を取り巻いていた。

阿育王寺という名は、この寺にある阿育王塔から出ていた。仏滅《ぶつめつ》後百年に、阿育王が鬼神《きしん》を役使《えきし》して八万四千の塔を建てたが、それらの塔の悉くがいまは土中に埋《う》もれている、そういうこの国の誰《だれ》にでも知られている古譚があるが、現在この寺にある小塔は、その八万四千の塔の中の一つであると言い伝えられていた。

栄叡も普照もこの寺の阿育王塔にまつわる縁起《えんぎ》は聞き知っていた。――晋《しん》の泰始《たいし》元年に并州西河離石《へいしゅうせいかりせき》の劉薩訶《りゅうさつか》という人が死んで閻羅王《えんらおう》*界に引き出され、生前赤い馬に跨《また》がり、黒い犬を連れ、蒼《あお》い鷹《たか》を放って禽獣《きんじゅう》を捕えていた現世の罪を裁かれたが、命数が尽《つ》きていないので、出家して仏道に入り、阿育王塔を求めるという条件で娑婆《しゃば》へ還された。現世に舞《ま》い戻った薩訶は出家して、阿育王塔を求めてこの鄮山の地に来たが、深夜地中から殷々《いんいん》と鐘《かね》の音が響《ひび》いて来るのを聞いて、ここを掘《ほ》り、ついに宝塔を発見、この寺が建てられるに到《いた》ったということであった。

塔の高さは一尺四、五寸、方七寸程の小さいものであった。普照は舎利殿《しゃりでん》の中にあるこの塔を何回か見た。そのうちの一回は思託と一緒《いっしょ》だった。思託は二十一歳で、一行の中で一番若年《じゃくねん》であったが、鑒真に特に眼をかけられているだけあって、頭脳《ずのう》も明晰《めいせき》で、持前の丹念《たんねん》な性格からいつも見聞きしたものをつぶさに記録していた。この時も思託は阿育王塔について、「塔は金に非《あら》ず、玉に非ず、石に非ず、土に非ず、銅に非ず、鉄に非ず、色は紫烏色《しうしょく》、四面には、本生譚《ほんしょうたん》の彫刻あり、相輪《そうりん》には露盤《ろばん》なく、内部には懸鐘《けんしょう》あり」と書き記した。

思託は塔の色を紫烏色と書いたが、普照には淡紫色《たんししょく》に見えた。そしてそれを造ってある材料は、思託の書いたように、なるほど金にも、玉にも、石にも、土にも、銅にも、鉄にも見えなかった。普照はその塔の内部の懸鐘を覗《のぞ》いて見る度《たび》に、伝説にある地中で鳴ったというのはこの鐘であろうかと思った。

普照は思託と一緒に、暇《ひま》を見付けては寺の付近を歩き廻った。眼鼻立ちの整った若い僧は、それが自分に与《あた》えられた使命であるかの如くあらゆることを細かい字で記録していた。

寺の東南三里の小高い山の頂きには仏の右足の跡《あと》があり、東北三里の丘の小さい巌《いわ》の上には仏の左足の跡があった。いずれも長さ一尺四寸、前の広さ五寸八分、後の広さ四寸五分、深さ三寸、千輻輪相《せんぷくりんそう》*がはっきりと現われ、迦葉仏《かしようぶつ》*の足跡《そくせき》だといわれていた。

また寺の東方二里の地点には、路傍《ろぼう》に深さ三尺ほどの井戸があって清水が噴《ふ》き出していた。大雨の時も溢れず、旱魃《かんばつ》の時も涸《か》れないといわれ、中に長さ一尺五寸の鱗魚《りんぎよ》(鰻《うなぎ》)がいるということで、土地の者は阿育王塔を守護する菩薩《ぼさつ》だと信じていた。福ある者にはその姿が見え、福のない者には見えないとか、ある者がこの井戸の上に屋根を造り、七宝をもってそれを葺《ふ》いたところ、忽《たちま》ちにして井戸の水が溢れて来て、その建物を流してしまったとか、いろいろな物語がこの井戸を繞《めぐ》って生れていた。

また寺にはこんな話も伝えられていた。百年程前の貞観《じようがん》十九年のことであるが、敏《びん》法師《ほうし》という者が数百人の弟子を率いてこの寺へ来て泊《とま》り、一カ月に亘《わた》って経論を講じ、ために土地の者は毎晩のようにここに集まった。そうしたある夜、人々は見知らぬ百人ほどの異様の風体の梵僧《ぼんそう》が塔の周囲を行進するのを見た。その時一座の人々には小さい塔も、それを廻《めぐ》って行進する侏儒《しゅじゅ》たちも、何の不自然さもなく拡大されて大きく見えた。みな不思議に思って、このことを寺僧に告げると、寺僧は、

「そんなことは些《いささ》かも異とするには当りませぬ。毎年四大良日には遠近の人々がこの寺へ集まって来るが、その夜半には、必ずいつも梵僧が塔を繞って行進し、経を誦《ず》し、仏の功徳《くどく》を頌《たた》えているのが見えます」

と語ったという。普照はこの塔をめぐる梵僧の行列の話に一番強く心を惹《ひ》かれた。小さい塔の周囲を侏儒の梵僧たちが行進している一枚の絵は、この寺に関する他のいかなる伝説よりも不思議にある現実感を持っていた。

鑒真《がんじん》ら十七人の僧たちはこの阿育王寺で春を迎《むか》えた。廃園《はいえん》の竹の疎林《そりん》に春の陽光が降り始めた頃、鑒真は越州竜興寺から講律授戒のための招きを受けた。鑒真はすぐその需《もと》めに応じ、栄叡、普照らもその行に加わって越州に赴《おもむ》いた。そして帰りは、杭州、湖州、宣州を巡遊《じゅんゆう》し、土地土地でまた戒を授《さず》け、阿育王寺に帰ったのは夏の終りであった。

こうした鑒真と行を共にすることに依《よ》って、栄叡も普照も、今までとは全く異《こと》った勉強をした。留学僧につきものの独学から離れて、入唐《にっとう》十年にして初めて師を得た気

持であった。二人は鑒真の同じ講義を何回も聴《き》いたが、聴く度に新しいものを発見した。また律の講義を聴く以外の大きい勉強もした。越州の竜興寺は鑒真の師道岸《どうがん》が曾ていたところで、そこに於《お》ける鑒真の敬虔《けいけん》な立居《たちい》振舞《ふるまい》も眼に収めることができたし、また同じ越州の開元寺では鑒真と同門である高僧曇一《どんいつ》の謦咳《けいがい》にも接することができた。それからまた杭州の竜興寺では鑒真の先輩《せんぱい》法慎《ほうしん》の高弟である霊一《れいいつ》にも会うことができた。

阿育王寺に帰ってから暫くして一つの事件が起った。それは越州の僧たちが、鑒真が日本に渡ろうとしていることを知って、これを阻止《そし》するために、主謀者《しゅぼうしゃ》栄叡の逮捕《たいほ》を州官に願い出た事件である。

栄叡は何となく周囲の空気のただならぬことを知って、王亟《おうきょく》という人の家へ匿《かく》れたが、間もなく役人たちのために捉《とら》えられた。普照も同様に民家に匿れたが、この方は詮索《せんさく》はなかった。

栄叡は枷《かせ》を着せられて京へ護送されて行ったが、一カ月程で再び阿育王寺へ帰って来た。杭州で発病し、療養《りょうよう》のために自由を得、年経て病死したという取り計らいをして貰うことにして、漸く逃げ帰ることができたということであった。

この栄叡の事件に刺戟《しげき》されて、一行の渡日の計画準備は急に活潑《かっぱつ》になった。僧法進《ほっしん》と二人の近事《ごんじ》*が船を買い海粮《かいろう》の準備をするために、ひそかに福州へと旅立って行った。

三人の先発隊が出発して半月程して、鑒真は僧と傭人《ようにん》、併《あわ》せて三十余人の一団を率いて明州を出立することになった。鄮山の地を離れるに当って、一行はまず阿育王の塔を拝し、伝説の井戸の魚菩薩を供養し、付近の仏跡を巡礼し、それから台州を目指して山越《やまご》しの道をとった。鄮山を出ると、時の明州の太守盧《ろ》同宰《どうさい》および僧徒は、一行を迎送《げいそう》し、長らくこの地に滞在した鑒真らのために、旅の糧食《りょうしょく》の用意をし、白杜村寺《はくとそんじ》まで見送りの人をつけてくれた。鑒真は白杜村寺に着くと、そこの壊《こわ》れた塔の修理を指示し、郷人《さとびと》に勧めて仏殿《ぶつでん》を造らせることにした。

次いで一行は台州にはいった。そして寧海《ねいかい》県の白泉寺に泊った翌日、天下の霊場として知られている天台山を目指した。嶺《みね》険しく、道遠く、日が暮《く》れてから雪が降り出し、雪片《せっぺん》は顔を摶《う》って誰も眼を開けていられなかった。その翌日も一行は一日中嶺を渡り、谷を越え、日没時《にちぼつじ》漸くにして国清寺《こくせいじ》にはいることができた。

栄叡、普照は、天台山にはいって、久しぶりに故国の山を見る思いがした。重畳《ちょうじょう》たる山や峯《みね》には、松《まつ》や柏《かしわ》や樟《くすのき》などが鬱蒼《うっそう》と生《お》い繁《しげ》っていた。

山中には七十二の寺があった。一行の泊った国清寺は五つの峯に囲まれ、天下四絶の一と称せられるだけあって、文字通り幽邃《ゆうすい》の気のたちこめた霊場であった。二つの川は寺を挟《はさ》んで流れ、それらは寺の前で合流していた。

一行は国清寺を宿舎として、三日間山中の聖蹟《せいせき》を巡礼し、谷や峯や深い木立の中に次々に現われて来る宝塔玉殿の壮麗《そうれい》さに眼を奪《うば》われた。天台山の名を天下に喧伝《けんでん》した孫綽《そんしゃく》*の『天台山賦』も、その万分の一をも言い尽していない感じであった。

一行は天台山を発し、始豊県を出て臨海県にはいった。何日間か峯伝いの旅を続け、山を下ると霊江に沿って進み、漸くにして黄巌《こうがん》県に到った。ここからは永嘉郡《えいかぐん》（温《うん》州《しゅう》）を目指して海沿いの官道をとった。永嘉郡へ出ればもう一息で法進ら先発隊のいる福州へ達することができる。

併《しか》し、永嘉郡への途中《とちゅう》、禅林寺という寺に泊った夜、鑒真たちは思いがけず、採訪使の牒《ちょう》を持った役人たちに踏み込《こ》まれるという事件に見舞われた。役人の言うことによると、揚州の竜興寺にいる鑒真の高足で、江北では一名僧として知られている霊祐《れいゆう》が中心となって、諸寺の三綱《さんごう》*衆僧と相謀《あいはか》り、鑒真の渡日阻止の運動を起し、そのことを官に願い出ている。そのために江東道の採訪使は牒を諸州に下して、鑒真らの過ぎた寺々の三綱を捕縛糺明《ほばくきゅうめい》し、一行の行方《ゆくえ》を探《さぐ》らせていたということであった。霊祐は最初渡日の話が持ち出された時から師鑒真の身の上を案じて、渡日ということには終始反対の態度を持ちつづけて来た人物である。

禅林寺にそのまま十数日留めおかれた一行は、陸路を揚州に送遣《そうけん》されることになったが、計画が挫折《ざせつ》し、失意の禅林寺の滞在《たいざい》期間中に、普照は思いがけず戒融と再会《かいゆう》することができた。

日本僧が訪ねて来たという寺僧の報《しら》せで、普照が寺の門まで出てみると、そこには托鉢姿《たくはつすがた》の戒融が立っていた。戒融が洛陽《らくよう》の大福先寺を出発したのは開元二十四年の春であったから、いつか八年余の歳月《さいげつ》が流れていた。色は浅黒く、中年肥《ちゅうねんぶと》りとでもいうのか、それでなくても大きい戒融の体は更《さら》に一廻《ひとまわ》り大きくなっていた。彼は普照たちとは反対に福州からやって来て天台山へ向う途中で、ここまで来て、鑒真らの噂《うわさ》を聞き、一行の中に日本僧が混じっているということを耳にして、若しやと思って訪ねて来たということであった。

「やはりお前らだったのか」

と、戒融は初め唐語で言ったが、すぐ日本の言葉で、

「何のためにこんなところをうろついているのだ」

と訊《き》いた。普照は戒融が懐《なつか》しかった。普照は、彼と洛陽で別れてからのことをかいつまんで話し、次々と支障に見舞われている渡日計画のことも語った。すると戒融は、

「苦労してるな。二人とも可哀《かわい》そうに」

と真顔で言って、

「宝を持って、向うの小さい島へ渡りたくて、大陸の沿岸をうろうろしている。奇妙《きみよう》なことだな」

と、さも感に堪《た》えぬような言い方をした。

お前の方は何をしているか、と普照が訊くと、戒融は、俺《おれ》か、俺は何もしていない、何かするとすればこれからだ、お前と別れてからただひたすらに歩いた、沙漠《さばく》も見たし、蛇《へび》が泳ぎ廻っている海も見た、これからもまだまだ見たいところはたくさんある。

そう言ってから、

「もう俺は、日本へ帰る気は持っていないよ」

と言った。

「死ぬまで日本へは帰らぬ気か？」

普照が訊くと、この時だけ、

「多分」

と、戒融は少しきびしい表情で言った。

「俺は両親もないし、兄妹《けいまい》もない。何のために日本に帰らなければならないのだ。日本に生れたというただそれだけの理由で日本へ帰らなければならぬのか」

普照が答えないでいると、戒融は再び言った。

「日本人の血を持っているから日本へ帰らなければならぬのか」

こんども、普照は答えなかった。何のために日本へ帰らなければならぬのかと正面切って訊かれると、普照は答えられなかった。普照自身、日本へ帰ろうとしているのは、自分に故国へ帰りたい気持があるからであった。そうした気持が起るか起らないかが問題で、これは理窟《りくつ》で決められることではなかった。

その時、栄叡は役人の取調べがあってどこかへ出頭していたため留守であった。普照は彼が帰るまでもう少し待ってみるようにと戒融を引き留めたが、戒融は別に栄叡を懐しむでもなく、よろしく伝えてくれれば結構だと言い遺《のこ》して帰って行った。

戒融が帰って暫《しばら》くして戻《もど》って来た栄叡に、普照が戒融の来訪を告げると、栄叡は一瞬《いっしゅん》ひどく懐しそうな表情を取ったが、その表情を消すと、結局は戒融と自分たちとは無縁《むえん》な人間である、自分たちが貴《とうと》いと思うことは、すべて彼には貴いとは見えない、併し、彼には彼の思うところがあるのだろう、勝手に自分の道を歩めばよいのだ。そう多少怒《いか》りをこめて突《つ》き放すように、栄叡は言った。

一行は再び揚州《ようしゅう》の地を踏んだ。鑒真は彼の本寺である竜興寺にお預けの形で住まわされることになり、ここに渡海の体制は全く解かれるに到った。鑒真は三十数人の一行の中で、自分の直弟子《じきでし》のみを残して、あとはそれぞれ郷里に引き取らせることにし、普照と栄叡の二人だけは居処《きよしよ》が定まるまでということにして、一時的に竜興寺に留《とど》まらせた。

鑒真が竜興寺に帰るや、これを伝え聞いた諸州の道俗は、毎日のように争って供養《くよう》の品々を調達して賀を述べにやって来た。併し、揚州に連れ戻されてからの鑒真は、気難しく、無口になっていた。誰ともあまり会いたがらず、特に自分への好意的な妨《ぼう》害者《がいしや》ともいうべき霊祐には、絶対に面接を許さなかった。霊祐は師の怒りを解くために毎夜一更《いつこう》より五更まで立って罪を謝し、六十日に及《およ》んだ。それでも鑒真の心は動かなかった。これを見かねて諸寺の役僧などが仲に立って詫《わ》びを入れ、漸くにして鑒真の怒りを解くことができた。

祥彦《しようげん》と思託《したく》の二人は、二度と踏めないものと諦《あきら》めていた揚州の土を踏み、会えない筈《はず》の旧知と再会できたので、やはり何といっても嬉《うれ》しそうであった。若い思託にはまだ冒険心《ぼうけんしん》もあり、未知の国へ行くということで夢《ゆめ》もあるらしかったが、もう四十を過ぎている祥彦の方は、師鑒真についてならどこへでも行くが、併しなるべくなら、生命を賭《か》けることまでして日本などへは渡りたくないという気持があるに違《ちが》いなかった。

祥彦は一年間もの放浪《ほうろう》で、その穏《おだ》やかな顔は陽《ひ》に灼《や》けて黒くなり、両頰《りようほお》の肉は落ちてすっかり別人のようになってしまっていた。

こんどの事件で一番大きい打撃《だげき》を受けたのは、当然なことではあるが、栄叡であった。計画が挫折したということより、将来の見透《みとお》しが利《き》かなくなったということが、彼の気持を暗く絶望的なものにしていた。当分再挙の機を摑《つか》めそうもないということと、肝心《かんじん》の鑑真がいかなる考えを持っているか判《わか》らないということが、栄叡を不安にしていた。淮南道《わいなんどう》の採訪使は寺の三綱に責任を負わせ、鑑真が再度他国へ向うことのないように監視《かんし》させていたので、栄叡としても鑑真に再渡航の意志ありや否《いな》やを聞きただすことは当分遠慮《えんりょ》しなければならなかった。

普照はこんどの失敗に対して別の考えを持っていた。鑑真ほどの高僧を、これほどの危険と艱難《かんなん》を冒《おか》してまでも日本へ渡らせるということに、むしろ一抹《いちまつ》の疑念をさえ懐《いだ》き始めていた。併し、現在はそのことより、やがて自分たちが鑑真の許《もと》を離《はな》れなければならないであろうということのために気が重くなっていた。普照は一年間鑑真と労苦を共にし、朝夕その身辺に仕えていたので、いま鑑真の許を離れることは辛《つら》かった。いつまでも竜興寺に留まっていたかった。併し、自分たちがいる限り、鑑真に対する官の監視がゆるまず、結局鑑真に迷惑《めいわく》を及ぼしていることを思うと、一日も早くこの地を立ち退《の》かなければならなかった。

栄叡と普照が、いよいよ揚州の地を離れることを決意し、鑒真のもとに申し出たのは、竜興寺で三カ月を過してからである。二人の話を聞くと鑒真は暫く考えるようにしていたが、

「それもよかろう。そしていつでも再びここへやってくるがいい。法のためである以上、私の渡日の決心は変らないだろう」

と言った。鑒真の許を辞去した二人は、いつでも再び来るがいいと言った師の言葉の意味について話し合った。いつ来たらいいか、二人にはその時期の見当がつかなかった。そして結局、鑒真と渡日とを結びつけて考える、そうした見方が全く世間の表面から消えてしまうまで、それを待つべきであろうということで、二人の意見は一致《いっち》した。

二人は鑒真に申し出た日に、この寺へはいってから初めて、竜興寺の山門をくぐって揚州の町へ出た。禅智寺に業行《ぎょうこう》を訪ねるためであった。禅智寺は子城《しじょう》のある岡《おか》へ上り更に十五町程のところにあった。道の両側は葉を持たない裸木《らぼく》の疎林《そりん》が続いていて、春の陽が人家のない郊外《こうがい》の岡に散《つ》っていた。禅智寺に行ってみると、業行は既《すで》に二カ月程前に、筆写した経巻類を詰めた箱《はこ》を数個預けたまま、姿を消していた。寺僧も業行の行方は知らなかった。普照たちが僅《わず》かに想像し得ることは、業行の写した経巻類

はこの寺に預けた木製の箱数個に収まるだけの分量とはとても思えず、彼はその厖大《ぼうだい》な経典類の山を幾《いく》つかに分けて、方々の寺へ預けているのではないかということであった。

翌日、栄叡と普照は祥彦、思託らに送られて竜興寺を出た。そして羅城の西壁付近の双橋《そうきょう》のところで、二人の日本僧は二人の唐僧と別れた。天宝四年二月下旬のことである。

# 三章

栄叡《ようえい》と普照《ふしょう》がそれまで住んでいた同安郡（安徽《あんき》省安慶付近）を出て、鑒真《がんじん》を訪ねるべく再び揚州へ上って来たのは天宝七年春のことであった。鑒真渡日の事件のほとぼりがさめ、その噂の消えるのを待って、二人の日本の留学僧は都から遠く離れた揚子江岸の地方都市に三年の歳月を送っていたのである。栄叡は四十代の半ばを過ぎ、普照もまたそれに近かった。

この同安郡に於《お》ける三年間には、この国としては大きい事件を持たなかった。胡人《こじん》が辺境に寇《こう》した噂が二、三回、何カ月か遅《おく》れて伝えられて来たぐらいで大唐の泰平《たいへい》な時代は続いていた。目ぼしい事件といえば、何といっても天宝四年に美姫《びき》楊太真《ようたいしん》*が冊《さく》せられて三十歳にして貴妃《きひ》となったこと、それに続いては、玄宗の寵遇《ちょうぐう》を一身に集めている安禄山《あんろくざん》*が御史《ぎょし》太夫《たいふ》*を兼ねたこと、宰相李林甫《さいしょうりりんぽ》が天下の歳貢《さいこう》を賜《たまわ》ったこと、大臣で冤死《えんし》するものが多くなったこと、そして天宝六年の春、栄叡、普照が三年ぶりで揚州へはいった前年に韋堅《いけん》*、李適之《りてきし》*らの高官の死を賜る事件があって、世は一般に泰平ではあったが、将来の大乱への準備は、徐々《じょじょ》に為《な》されつつあったのである。

栄叡、普照の二人は、久しぶりで揚州の街を歩き、鑒真が崇福寺に住していることを聞いて、師をそこへ訪ねて行った。鑒真は二人の顔を見ると、以前と少しも変らぬ静かな態度で口を開いた。

「よく訪ねて来てくれた。この前から既に三年の歳月が過ぎている。こんどこそ仏の加護を得て、年来の目的を果すことができると思う」

声も張りがあり、意気も壮《さか》んで、この時六十一歳であったが、鑒真は二人の日本僧の眼には前より寧《むし》ろ若々しく見えた。

栄叡、普照は崇福寺に留まり、夏までを準備期間として、ひそかに渡海《とかい》のことに当ることになった。そして一行の者が乗る船は新河で造り、将来品もほぼこの前の天宝二年の時と同じものを蒐《あつ》めることにした。

同行の者の人選が成ったのは栄叡、普照が揚州へはいってから十日目である。祥彦《しょうげん》、神倉、光演、頓悟《とんご》、道祖、如高、徳清、日悟、思託ら、それに栄叡、普照を加えて道俗十四人。水手《かこ》十八人。他に同行を願うもの三十五人。この前のこともあるので総《すべ》ては迅速《じんそく》に進められた。

準備が九分通り成った五月の終りに、栄叡は普照に、あとに残された仕事は業行《ぎょうこう》を探し出して、彼の経巻類の一部をこんどの船に積み込んで行くことであると言った。業行のあの厖大な経巻類は一度に全部を運ぶことは危険であり、機会ある毎《ごと》に、幾つかに分けて船便に託《たく》すべきである。業行が承知するなら、自分たちもこんど彼の経巻の一部を運ぶ仕事を受け持つべきであろう。普照もまたこの栄叡の考えには賛成であった。業行がどのように考えているかは判らなかったが、あの経巻の山を日本に運ぶには、栄叡の言うように、幾つかの船便に託すのが一番賢明《けんめい》な方法であった。現に業行は経巻類の保管を寺に頼《たの》んでいるが、この場合でも、それを幾つかに分けて、幾つかの寺に預けている。恐《おそ》らく盗難火災を要心してのことと思われる。まして運を天に任せて海を渡《わた》るのに、一つの船に全部を積み込むという愚《ぐ》は為《な》すべきではないし、業行とてよもやそんな考えは持っていないであろうと思われた。

併《しか》し、いずれにせよ、業行に会うことが先決問題だった。その話が出た日、すぐ普照は禅智寺へ出かけて行ってみたが、やはり業行の行方は判らなかった。彼は経巻の一部を寺に預け放しにして、そのまま今日まで三年間一度も姿を見せていないということであった。今までの彼の行動から推《お》せば、その行先は全く見当つかなかった。洛陽に行っているかも知れないし、長安に行っているかも知れなかった。

普照は施《ほどこ》す術《すべ》がなかったので、禅智寺へ行っただけで、業行探しは打ち切らざるを得なかったが、併し、それから数日にして、大明寺の僧から、郊外の梵寺《ぼんでら》に最近日本僧が一人来ているという噂を聞いた。普照はそれを耳にした日、すぐそこを訪ねて行ってみた。なぜかその噂の日本僧が業行であるような気がしてならなかった。

その梵寺というのは郊外の山光寺の傍《そば》にあった。その辺りは大運河を中に挟んで岡の上の禅智寺と相対している地点で、山光寺も梵寺もいずれも運河に沿っており、周辺一帯には墓や、土地神を祀《まつ》った白壁の祠《ほこら》が多く眼《め》についた。

案内されて梵寺の本堂の横手の一室にはいって行った普照が最初眼にしたものは、これまでいつも見て来たと全く同じ業行の机に対《むか》っている貧相《ひんそう》な背後姿《うしろすがた》であった。

業行は振《ふ》り向くと、訪問者が誰《だれ》であるかを確かめるために、下から見上げるようにした。普照には瞬間、そんな業行の顔が血でも走っているような異様な形相《ぎょうそう》に見えた。が、すぐ、それは業行の唇《くちびる》と口の周囲に赤と青の絵具が付着しているためであることを知った。業行は画筆を執《と》っていたのであった。

彼の対っている机の上には、思惟形《しいけい》の観音像を幾つか描いた大きい一枚の紙が拡《ひろ》げられてあった。その図像は子供でも描いたような稚拙《ちせつ》な線を持ち、ところどころに簡単な色が付けられてあった。

「何を描いているんです」

普照は久闊《きゅうかつ》を叙《じょ》する挨拶《あいさつ》の替《かわ》りに、ぶしつけにこう訊いた。業行はその普照の質問には直接答えず、

「最近、儀軌《ぎき》類を写しておりましてね」

と言った。言われてみれば、その小さい室には、各種の曼荼羅《まんだら》や、その細部や、いろいろの持物を握《にぎ》った菩薩《ぼさつ》の右手や、宝冠《ほうかん》や、奇妙な形をした水差し様の壜《びん》や、そうしたいろいろなものが、幾枚かの紙に描かれて、それが何枚も散らばっていた。どの絵も稚拙な形と稚拙な傅彩《ふさい》とを持っていた。

業行の語るところに依れば、彼は予定していた経典類の筆写の仕事を一応仕上げてしまったので、これから何年になるか判らない故国からの遣唐船が来るまでの時間を、儀軌類の転写の仕事で埋《う》めようと思い立ち、その仕事を毎日やっているということであった。

「この方がむしろ大変な仕事でしてね。いつまでやってもきりのないことです」

業行は言った。業行の机の周囲は、この前のいかなる時よりも乱雑になっていた。経典もあれば、図像もあった。そして書き潰《つぶ》しらしい反古《ほご》の絵もあちこちに散乱していた。

普照はそこにあった業行の写した『出生無辺経法二部《しゅっしょうむへんきょうほう》』と題してある筆写本の頁《ページ》をめくりながら、なるべく相手を刺戟《しげき》しないように自分がここへ訪ねて来た目的について語った。業行は自分の経典の一部を船に積み込みたいという話を耳にすると、瞬間はっとしたような顔をしたが、やや暫くしてから、

「なるほどおっしゃる通り、あれは幾つかの便船に託すべきものでしょう。何も私と一緒《いっしょ》に日本へ渡らなければならぬ理由はない。要は無事に日本へ渡りさえすればいいんです。貴方《あなた》がたが確実に日本へ着くというのならお預けしましょう」

と言った。

「確実に着くかどうかは判らない。併し、万一難船して、船が荷物を棄《す》てなければならぬような場合は、あなたの経巻の身替りに、私が海にはいりましょう。それぐらいのことならします」

普照は言った。普照はその時本当にそう思った。無事に日本へ持って行けるかどう

かは判らなかったが、それだけのことは自分がしてやれるだろうと思った。普照がそう思い、そう言葉に出して言わずにはいられないものを、唇を赤や青の色で染めた老日本僧は持っていた。

それから三日程《ほど》して、業行は自分が写した経巻の一部を詰めた二つの箱を、唐人に運ばせて崇福寺へ持ち込んで来た。二つともひどく重い箱であった。

その夜、栄叡と普照は業行と一緒に、崇福寺の坊舎の一室で夕食を摂《と》った。その時、話に玄朗《げんろう》の名が出たが、業行は極《ご》く断片《だんぺん》的なものではあったが、玄朗のその後の消息について知っていた。

業行は去年の春長安に行ったが、その時、唐人の女を妻に持ち、子供も持っていた玄朗と会った。場所は長安の商舗街《しょうほがい》の一角で、その時二人は短い時間立ち話をした。どこでいかなる生活をしているかは解《わか》らなかったが、まだ僧衣を纏《まと》っていたところからみて、玄朗がまだ僧籍《そうせき》から脱《だつ》していないことだけは明らかであった。業行が知り得たのはこれだけであった。これが業行でなくて、他の者であったらまだ何か玄朗について知り得た筈であったが、そうしたことを業行に望むことは無理なようであった。

業行は、その夜、少しばかりの酒に顔を赤くして、たっぷり十五、六町の道のりはあると思われる梵寺へと帰って行った。門のところまで送り出した普照の眼には、業行の貧弱な体が前屈《まえかが》みに折れ曲って不具者のように見えた。

六月の初めに準備が完了《かんりよう》すると、栄叡は鑒真と相談して乗船の日を二十七日と定めた。一行は事の発覚するのを防ぐために、当日は分散して、別々に新河の乗船地に向うことにした。

月半ばに江南一帯を大風が吹《ふ》いたが、二十日を過ぎると快晴の日和《ひより》が続いた。乗船の日、鑒真は夕刻を待って、祥彦《しようげん》、思託《したく》を従えて崇福寺を出た。栄叡、普照はそれより早く寺を出ていて、城の南門を出たところで鑒真らに会し、五人は城と揚子江《ようすこう》を通じている運河に沿って三叉河《さんさが》まで行き、その辺りの蘆《あし》の中に身をひそめて夜の来るのを待った。そして、一刻《いつとき》程の時間をそこで過し、予《あらかじ》め定められた時刻にそこから程遠からぬ乗船地に赴《おもむ》いた。船には既《すで》に六十余人の者が乗り組んでいた。

この前天宝二年の船出は月明の夜であったが、こんどは漆黒《しつこく》の闇夜《やみよ》であった。船はこの前の時よりも一廻《ひとまわ》り小さく、天平五年入唐《につとう》した際の遣唐使船に較《くら》べると半分にも足りなかった。簡単な屋根があるだけで特に屋形といったものは造られてなかった。乗員は雑然と板子の上に並《なら》んでいた。

船は新河に浮《う》かぶと、瓜州鎮《かしゆうちん》に出て、揚子江へはいり、東に下って狼山《ろうざん》に到《いた》った。この頃《ころ》から強い風が吹き始め、船は江中にある三つの島の周囲を旋回《せんかい》し続けた。

一夜が明けると風は鎮《しず》まった。江口へ出て越州に属する小島三塔山に着き、ここで順風を待つことにした。留《とど》まること一カ月、漸《よう》や好風を得て発し、署風山に到り、またここに停住すること一カ月、こうしている間に、いつか暦《こよみ》は十月にはいっていた。

十六日の暁方《あけがた》、鑒真は、

「昨夜夢に三人の官人を見た。一人は緋《ひ》の衣を着、二人は緑の衣を着ていた。そしてその三人は岸の上からこちらへ向って挨拶を送って寄越《よこ》した。思うにこれは中国の神がわれわれに別れを告げに来られたのであろう。こんどこそ無事に海を渡れそうな気がする」

と言った。その鑒真の言葉を聞いたのは、その時眼覚《めざ》めていた祥彦と普照の二人であった。

間もなく風が出て来た。この月にはいってずっと逆風ばかり吹いていたのが、今度の風はまさしく北へ向って吹いていた。祥彦も普照も、これこそ和上《わじよう》が夢に見た国神の吹かせ給《たも》うた風であろうと思った。

水手《かこ》も出帆《しゆつぱん》の決意をした。早朝、船は錨《いかり》を上げ、一カ月碇泊《ていはく》した署風山の岸を離れ、頂岸山を指して発した。午前中に、東南海上に小さい島影《しまかげ》を見た。一同は頂岸山かと思ったが、午頃《ひる》になるとその島影は消えてしまった。その頃から漸く大海へ乗り出した感じを一様に皆《みな》が持った。夕方から強風が吹き始め、俄《にわ》かに波浪が高くなった。潮は墨《すみ》のように黒く不気味であった。夜になるとますます風は強く、船は波浪に弄《もてあそ》ばれ、宛《さなが》ら山頂から谷底へ落ち、谷底から山頂へ上るに似て、いまや総勢七十余人を乗せた船は一片の木片にしか過ぎなかった。

いつか乗員の全部が観音経を唱えていた。風波の音に混じって、船頭の呶鳴《どな》る声がちぎれちぎれに経を誦《ず》する者の耳にはいって来た。

「このままでは船は沈《しず》むぞ。荷物は全部海へ投げ込《こ》んでしまえ。早く投げ込め」

船頭は言っただけでは足りなくて、自分で帆柱《ほばしら》の根許にやって来ると、そこに積み重ねてあった荷物へ手を掛《か》けた。何人かの水手が荷物を海に投ずる仕事を手伝うためにやって来た。

普照は、業行から託された経巻類のはいった木箱の傍に坐《すわ》っていたが、これだけは海に投ずることから防がねばならぬと思った。経巻の木箱の上には、大きな栈香籠《さんこうかご》*が載《の》っていた。船頭は、一番重い物から海に投ずるつもりか、普照を押《お》し除《の》けて、経巻の箱を動かそうとしたが、それが動かないことを知ると、その上の栈香籠を取り上げた。

船の動揺《どうよう》が何人かの水手を横倒《よこだお》しにした。船頭は栈香籠を抱《かか》えたまま、普照の上に倒れて来たが、すぐ何か吼《ほ》えるような声を張り上げて立ち上がった。船頭の右足は普照と誰かほかの乗員との間にあった。その船頭の足にしがみついた普照の体に、海水が滝《たき》のように流れ込んで来た。その時、突然《とつぜん》、

「抛《なげう》つことなかれ」

風雨の荒《あ》れ狂《くる》っている頭上の闇で、そんな声がした。船頭ははっとして、抱えている栈香籠を取り落した。

「抛つことなかれ」

二度目の声で、船頭は恰《あたか》も何ものかに打たれたように蹣跚《よろめ》いて背後に倒れた。「抛つことなかれ」の声を聞いたのは船頭ばかりではなかった。後になって話し合ったことであるが、思託も栄叡もはっきりその言葉を聞いたと言い、祥彦は意味は判らなかったが、何か人の声らしいものを耳にしたと言った。普照は夢中《むちゅう》だったので何を聞いたか覚えていなかった。

風波は夜半になっても尚《なお》、その力を弱めなかった。この夜、もう一度不思議なことが起った。一同が風と船内に浸入《しんにゅう》して来る海水と闘《たたか》っている最中、突然船頭は大声で叫《さけ》んだ。こんどもまたその声は風と波の音の間から、ちぎれちぎれに人々の耳に届いた。

「もう怖《こわ》いことはないぞ。みんな、見ろよ。甲《よろい》を着け、杖《つえ》を持った神王が、舳先《へさき》のところに立っている。帆柱の根もとにも立っているぞ」

人々は舳先と帆柱の方へ視線を注いだが、勿論《もちろん》、そこには闇以外何ものをも見ることができなかった。併《しか》し、船頭の言葉で、一同はその時の恐怖《きょうふ》を少しでも向うへ押しやることができた。

翌日風波は幾分おさまったが、船はなお大きい波濤《はとう》に揺《ゆ》られながら、早い潮の流れに乗って何処《いずこ》ともなく運ばれていた。水手の話では日本と反対の方向へ流されているということであった。誰ももう日本へ渡るとか、渡れないとかいうことは考えなかった。どこでもよかった。無事に陸地の上に立つ日が来ることだけが望ましかった。

三日目に、船は蛇《へび》の群がっている海にはいった。その長いものは一丈《じょう》余、小さいものでも五尺はあり、蛇は海面一面をうごめき泳いでいた。普照《ふしょう》は三年前禅林寺で戒《かい》融《ゆう》に会った時、彼が蛇の海も見たと言ったことを思い出し、このようなところへ戒融もまた来たのであろうかと思った。

蛇の海を過ぎること三日、こんどは飛魚の海域にはいった。白銀色の魚は、いずれも水面を出る時にきらきらとその白い肌《はだ》を光らせ、その耀《かがや》きは船の行手の空間を、そこだけ異様な光で埋めた。魚はいずれも長さ一尺ばかりであった。こんな日が三日続いて、その後の五日間は大きな鳥の群が海を渡るのを毎日のように見た。鳥たちは、時々船の上に集まって来ては羽を休めた。その度《たび》に船はその鳥の重みで沈むかと思われた。追おうとすると、却《かえ》って人間の方がその嘴《くちばし》で傷を受けた。

その後の二日ほどは、またまた強い風が吹き、船は潮に揺られながら漂流《ひょうりゅう》を続けた。乗員は殆《ほとん》ど全部板子の上に横たわったままだった。

普照だけはやや元気で、毎日生米を少しずつ船内に配って歩いたりした。思託は一日中板子の上に倒れてはいたが、時々腹這《はらば》いになると、思い出したことを小さい字で巻物の裏面《りめん》に書きつけていた。それでなくてさえ船に弱い栄叡《ようえい》は、死んだように横たわって動かなかった。船暈《ふなよい》と何度目かの渡海の失敗に依《よ》る落胆《らくたん》が、栄叡を口もきけなくさせていた。普照は、栄叡のこのような姿を何回見たことだろうと思った。

一番難渋《なんじゅう》したことは、水のないことであった。米を嚙《か》んでも喉《のど》が乾《かわ》いているために飲み込むこともできず、吐《は》こうにも口から出ず、鹹水《しおみず》を飲むと忽《たちま》ちにして腹がふくれ、誰もこれほどの苦しみを味わったことはないと言い合った。

そうした或日《あるひ》、海中に丈《たけ》一丈ほどの金色《こんじき》の魚が泳いでいるのを見た。見付けたのは祥彦だった。何匹《なんびき》かの金色の魚はいずれも船から離《はな》れず、船の周囲を泳いでいた。この魚を見た翌日、風は全くおさまり、人々は船の行手遠くに島影を見た。

風が凪《な》ぎ波が静かになると、鑒真《がんじん》は起き上がり、舳先近いところに座を占《し》め、海の方に顔を向けて坐った。鑒真が起きると、他の僧たちも起き出して、その背後に坐った。遠く水平線を睨《にら》んでいる鑒真の顔は、普照にはやはり犯《おか》し難《がた》い凜《りん》としたものに見えた。鑒真は平生と少しも変らなかった。ただ無口になっていた。

午近い頃、鑒真の背後に坐っていた栄叡が突然口を開いた。

「いま私は夢《ゆめ》を見た。官人がやって来て私に戒《かい》を受けたいという。私が喉が乾いて堪《たま》らない、水を貰《もら》いたいと言うと、すぐ水を持って来てくれた。水の色は乳汁のようで、口に含《ふく》むとそのうまさは譬《たと》えようがなかった。そこで私は船の上には私同様渇《かつ》しているものが七十余人いる。あの人たちにも水をやって貰いたいと頼んでみた。すると官人は雨を司《つかさど》っている老人を呼んで、お前たちなら簡単に事を運ぶだろう、早く船の人たちに水をやれと命じた。ここで夢はさめた。雨がきっと降るに違《ちが》いない」

一同は栄叡のその夢を当《あて》にした。

栄叡の夢のためかどうか判《わか》らなかったが、その翌日午後三時頃西南の空に雲が湧《わ》き出し、やがてそれが船の上を覆《おお》うと、大粒《おおつぶ》の雨が落ち出した。雨は短い時間ではあったが、沛然《はいぜん》と滝のように降った。人々は手に手に椀《わん》を取って雨を受けて飲んだ。翌日もまた雨が来た。人々はこれですっかり渇を医《いや》すことができた。

その翌日船は島に近づいた。四匹の白い魚が船の前を泳いでいた。人々にはその魚が船を導いて行くように見えた。船は船を入れることのできる浦《うら》へはいった。乗員たちは岸壁《がんぺき》を攀《よ》じ登り、島へ上がって水を探した。見たことのない大きい葉の樹木が生《お》い繁《しげ》っている岡《おか》を一つ越《こ》えると池があった。皆そこで飲みたいだけ水を飲み、器物に汲《く》んで船に持ち帰った。

船は暫くここに碇泊していることになった。四、五日して、人々はまた水を汲みに島に上がって行ったが、こんどは、前にあった池はなくなっていた。神霊《しんれい》の化出せる池であったろうかと、皆で言い合った。祥彦も思託もそう信じている風であった。普照は池の水は恐《おそ》らく雨水で、何か特殊《とくしゅ》な土質のために吸収されてしまったのであろうと思った。

暦はいつか十一月になっていた。十一月といえば冬の寒さがきびしくなる頃であったが、冬の気配は全くなかった。島には見慣れぬ果実が実り、花も開き、筍《たけのこ》も生えていた。冬というより夏の姿であった。

十四日間、船はその島の岸近くに留まっていて、漸く船を繋《つな》ぐことのできる海岸を見付け、全員そこから上陸した。そして手分けして人の住む部落を探すことにした。幸い四人の唐人と会った。彼らは口々に、この辺の住民は人間を捕《とら》えて食うから、早く立ちのいた方が安全だと教えてくれた。

全員すぐ船に戻《もど》って、船を他の安全そうな入江に入れた。が、その夜、刀を持った土人が船へやって来た。乗員はみな震《ふる》え上がったが、食物を与《あた》えると、土人は黙《だま》って去って行った。物騒《ぶっそう》だったので、その夜のうちに、船は入江を出て再び海上に漂《ただよ》い、昼間唐人から聞いた海南島を目指すことにした。そして三日目に船は海南島の南端《なんたん》、振州の一河口に到着《とうちゃく》することができた。

島へ到着した翌日、船は荷揚《にあ》げを行った。三人の水手が業行の経巻の箱《はこ》を、船から強烈《きょうれつ》な陽光が降っている白い砂浜の上に運んだ。水手の一人は、その箱の上に腰《こし》を降ろして水を飲んだ。

午後一同はこの土地の役人の取調べを受けた。一行は砂浜の上で昼間を過し、夜は陸揚げした荷物に番人を付けて船に帰った。

栄叡と普照は、地理の観念がはっきりしていなかったので、これから一体どのような道を通って日本へ帰ることができるものか、あるいはできないものか、全く見当がつかなかった。現在二人に判っていることは、いま自分たちは広い唐土の南端から、更《さら》にまた南方にある島の、しかもそこの一番南の端《はし》の一河口に身を置いているということだけであった。

鑑真はこうした時いつもそうであるように、無表情に押し黙っていた。その表情からはいかなる感情も、いかなる意志も全く窺《うかが》い知ることはできなかった。祥彦、思託の二人は、そうした和上に倣《なら》って、これまた沈黙《ちんもく》を守っていた。これまで何回も計画が挫《ざ》折《せつ》したが、いつも祥彦と思託だけは二人の日本僧のところへやって来て、やがて必ずや再挙を図《はか》れるだろうといった慰《なぐさ》めの言葉をかけて寄越したが、こんどの場合は違っていた。二人はとんでもないところへ漂着したといった表情も示さなければ、またまた計画が挫折したことに対する落胆の表情も見せなかった。そうしたことが鑑真の心の内部を計りかねて、うっかりしたことを口走れないといった気持から来ていることは明らかであった。

祥彦、思託以外の僧たちは明らかに栄叡と普照の二人に冷たい眼を向けていた。二人の日本僧のために、どうして自分たちはこのように何回も死ぬような目に遇《あ》わなければならぬのかといった気持を露骨《ろこつ》に顔に現わしていた。

漂流直後の何事もする気にならぬ一種異様な懈怠感《けたいかん》が、島へ上がってから二、三日の間、一行の総《すべ》ての者を捉《とら》えていた。

四日目に、州の役所から別駕《べつが》馮崇債《ふうしゅうさい》が兵四百余を率いてやって来て、一行を迎《むか》えて州城へ案内した。城内は一行がこれまで見たいかなる都《と》邑《ゆう》とも異《こと》なっていた。民家も商家も役所も台風に耐《た》えるために低く堅固《けんご》に造られてあり、家々の周囲には見慣れない南方の植物が大きい葉を繁らせて生い育っていた。空気は乾いていて、陽《ひ》の当るところにいると体は汗《あせ》ばんだが、樹木の蔭《かげ》にはいると涼しかった。

粗末な役所の石畳《いしだた》みの庭で、馮崇債は、自分は昨夜夢で前世に於《お》いて自分の舅《しゅうと》であったという人物に会った、彼《かれ》は現世に生れ替って僧となり豊田という姓《せい》を持っていると私に語った、こうした夢を見たことは前世で舅であった人物が自分のところを訪ねて来るということであろうかと思う、若《も》しもこの一行の中に豊田という姓の僧侶《そうりょ》がいたら教えて貰えないだろうかと言った。鑒真に代って祥彦が、あいにくそういう姓の僧侶はいないと答えると、

「それでは恐らく大和上が私の前世の舅なのであろう」

馮崇債はそう言って、それから一行を役所の内部に招じ入れ、斎壇《さいだん》を造って供養《くよう》した。

一行はそこを仮の宿舎として、三日間滞在《たいざい》し、その間に太守の庁内に於て会を設け、鑒真は役人たちに戒を授《さず》けた。

それから暫《しばら》くして一行の宿舎は正式に大雲寺と定められ、鑒真初め三十余人の者はその寺へはいった。大陸の大きい寺を見慣れて来た者の眼には、伽藍《がらん》も境内《けいだい》もひどく

貧しく見えた。ことに仏殿《ぶつでん》は荒廃《こうはい》して、いつ倒壊《とうかい》するか判らぬような状態にあった。

一行はこの破《や》れ寺《でら》で天宝八年を迎えた。雨というものは全く降らず、強風が吹くと城外の沙漠《さばく》地帯で舞《ま》い上がった砂塵《さじん》が霧《きり》のように丈低い民家が詰《つ》まっている小さい城邑《じょうゆう》の上に降った。鑒真たちは、土地の工人たちを指揮《しき》して、仏殿を作る工事を始めた。建築工事は冬から春への乾燥期《かんそうき》を通して行われた。仏殿が落成すると、それを機に一行はこの地を発して、本土に渡《わた》るために島の東南部の万安州を目指すことにした。別駕馮崇債は甲兵八百を率いて一行を護衛し案内することになった。

出発に当って鑒真は日本への将来品の総てを、仏具も、仏像も、経典も自分たちが四カ月を過した大雲寺へ納めた。栄叡と普照は相談して、業行から預かって来た写経の箱二個もこの寺へ納めることにした。これからの長い道中を思えば、この処置が一番賢明《けんめい》であったし、業行もまたこれを諒解《りょうかい》してくれるであろうと思った。

重い二個の箱を土民の手を借りて自分たちが造り上げた仏殿へ運び込んだ帰途《きと》、栄叡は宿坊《しゅくぼう》までの五丁程《ほど》の道を歩くのに何回か椰子《やし》の葉蔭に体を休めた。普照には栄叡の健康がこれからの万安州までの長い行旅に耐え得ようとは思われなかった。漂流《ひょうりゅう》に引き続いてのこの振州に於ける四カ月の慣れない南方の生活で、栄叡はひどく弱っていた。食事もすすまず、体の痩《や》せも目立っていた。曾《かつ》て天宝元年に初めて帰国の話が出た時、普照は現在の栄叡と同じようにすっかり健康を害して自分の体に対する自信を失い、そのためになお唐土に留《とど》まって勉学する計画を破棄《はき》したのであったが、それから七年、普照の方はすっかり異境の生活に鍛《きた》えられて健康になり、反対に当時頑健《がんけん》であった栄叡の方がいまは少しのことですぐ発熱するようになっていた。

普照ばかりでなく誰《だれ》の眼にも、万安州までの四十余日の行程は栄叡には無理に見えた。結局鑒真の勧めで、栄叡は海路を取って先廻《さきまわ》りして乗船地崖州《がいしゅう》に向うことになり、普照が彼に付き添《そ》って行くことになった。

栄叡と普照の二人は鑒真の一行が出立して数日経《た》ってから、舟便を得て振州を発した。万安州を経て、崖州までに四十日を要した。

崖州は海南島第一の都邑で、二人の日本僧は久しぶりにここで都会らしい空気に触《ふ》れることができた。二人は城内の古い南蛮寺《なんばんでら》に宿泊《しゅくはく》して、ここで鑒真らの一行の到着するのを待った。

栄叡は崖州へ着くと、そのまま病床《びょうしょう》に臥《ふ》した。痩せは一層ひどくなっていた。普照は栄叡を看護する傍《かたわ》ら、暇《ひま》を見つけては市街を歩いた。珍《めずら》しい果実を売っている店が多かった。益知子《えきちじ》、檳榔子《びんろうじ》、茘枝子《れいしじ》、竜眼《りゅうがん》、甘蕉《バナナ》、枸莚《くえん》、楼頭《ろうとう》などがあった。大きい物は鉢《はち》や盆《ぼん》ほどあり、どの果実も蜜《みつ》より甘《あま》い液を持っていた。花はいずれも原色に近い鮮《あざ》やかな幾つかの色を持っていた。

予定より半月程遅《おく》れて鑒真の一行は崖州へ到着した。鑒真らが州の遊奕《ゆうえき》大使張雲《ちょううん》の礼を尽《つく》した出迎えを受けて、城内の開元寺にはいったという噂《うわさ》が耳にはいった日、普照は病める栄叡を連れて開元寺へ赴《おもむ》き、一行に合流した。

一行は崖州へはいった地点で、そこまで一行を護衛して送って来た馮崇債《ふうしゅうさい》と別れていた。普照は思託《したく》から、自分達《たち》が別れてからの鑒真たちの旅の模様を聞いた。一行は振州を発して四十余日目に万安州へはいったが、そこで珍しいものを見聞していた。そこの土人の大首領馮若芳《ふうじゃくほう》の歓迎《かんげい》を受け、その家に泊《とま》って三日間供養を受けた。そこで見た馮若芳の生活は一行の眼を驚《おどろ》かすに足るものだった。その家では客に接すると、乳頭香《にゅうとうこう》を用いて燈火《とうか》とし、一焼に百余斤《きん》を費していた。あとで知ったことであったが、この馮若芳は毎年付近を航海する波斯《ペルシャ》の船を掠奪《りゃくだつ》し、その財宝を奪《うば》い、その人を掠《かす》めて奴婢《ぬひ》とすることを業としていた。その家の裏庭には掠奪品である赤、黒、白、紫《むらさき》等の檀木《だんぼく》が山の如《ごと》く積み重ねられ、その他の財宝も同様に家の内外に堆《うず》高《たか》く置かれてあった。また彼は、劫掠《ごうりゃく》して来た奴婢を集団的に住まわせ、彼の住居を中心にして、南北三日、東西四、五日の行程の間は、すべてそれら異国人の部落であるということであった。

普照《ふしょう》は崖州に滞在中、よく思託と一緒《いっしょ》に街を歩いた。市街に群がっている人々の風俗は異様だった。男は木笠《きがさ》を被《かぶ》り、女は日本の着物に似たものを着けていた。人はみな蹄《ひづめ》を彫《ほ》り、歯を染め、顔に入墨《いれずみ》して、水を鼻から飲んでいた。

郊外には胆唐香樹の林があった。風《ふ》が吹くとその香気は五里の遠きにまで伝わるということだった。そのほかに波羅《ばら》㮈樹《だいじゅ》の林もあった。この波羅㮈樹については思託は次のように記していた。「果の大きさは冬瓜《とうがん》の如し。その樹木は榠樝《べいさ》（かりん）に似、葉は水葱《なぎ》の如く、その根の味は乾柿《ほしがき》に似たり」

この地方は十月田を作り、正月粟《あわ》を収穫《しゅうかく》した。蚕も盛《さか》んで、蚕を飼《か》うこと年に八度、稲《いね》の収穫は二度あった。

滞在中、大使の張雲を初めとして部下の役人たちは時々交替《こうたい》に一行を見舞ってくれた。張雲は自分で食事の采配《さいはい》を揮《ふる》い、優曇鉢華《うどんばつげ》の葉を菜とし、その実を僧侶たちに馳《ち》走《そう》して、鑒真に説明した。

「これは優曇鉢華の実です。この樹《き》には実はなりますが花は咲《さ》きません。大変不思議な樹ですが、私が和上《わじょう》にお会いすることのできたのも、これに劣《おと》らず不思議な御縁でございましょう」

思託はその傍《そば》で、早速《さっそく》優曇鉢華の樹を紙に写し、その説明を記した。――「その葉は赤色、円形にして径一尺、実の色は丹紫《たんし》、味甘くして美味」

併し、この開元寺へはいってから三日目に、街に大火が起り、開元寺も類焼の厄《やく》に遇い、一同は焼け出されの身の上となった。

大使張雲に請《こ》われて、鑒真はここで寺の再興に当った。病床にある栄叡《ようえい》を除いて、他の者たちはこの仕事のために忙《いそが》しくなった。仏殿、講堂、塔《とう》等の伽藍を造らねばならず、その材木の入手が一苦労であった。

ところが鑒真が開元寺を建てるという噂を聞いて、振州の別駕馮崇債は奴隷《どれい》にそれぞれ一本ずつの用材を運ばせて寄越《よこ》した。そのために三日間で必要な用材は全部集まった。

寺は予定より早く竣工《しゅんこう》し、鑒真は余った材木で丈六《じょうろく》の釈迦《しゃか》像《ぞう》を造った。新しい伽藍が竣工すると、鑒真は登壇授戒《とうだんじゅかい》し、律を講じ僧を度した。普照は久しぶりで峻厳《しゅんげん》な和上の風貌《ふうぼう》に接し、頬《ほお》から流れ落ちる涙《なみだ》を止めることができなかった。多年に亘《わた》る流離の生活の中に少しも傷つかず、その行く先々で寺を建て、戒を授け、人を度す和上が仏陀《ぶつだ》そのものに見えた。

この日は病軀《びょうく》を押《お》して栄叡もまた儀式《ぎしき》に臨《のぞ》んだが、授戒が終って、一同が堂を出た時、栄叡は普照に、

「自分はいま堂を出た時、ふと、日本の奈良の都の大きい寺にいるような気がした。空の色も樹木の色も土の色もまるで違っているのに、どうしてここが奈良であるかのような錯覚《さっかく》を起したのであろうか」

そして、どうしても和上には日本に渡って戴《いただ》かねばならぬ、そう熱っぽい口調で言った。

栄叡と普照は曾て初めて遣唐僧として渡唐する交渉《こうしょう》を隆尊から受けたあと、興福寺の境内で、早春の光を浴びながらそれについて語り合ったことがあったが、普照はいまその時のことを思い出していた。その時と同じようにいま二人は対《むか》い合って立っていた。長身の栄叡は上から俯《うつむ》くようにして普照に対し、普照は普照で見上げるようにして栄叡を仰《あお》いでいた。

普照は、興福寺の時とはまるで違った痩せ衰《おとろ》えた体をして、傲然《ごうぜん》とした気性の烈《はげ》しさだけを漸《ようや》く持ち堪《こた》えている友の顔をいつまでも見守っていた。普照は何か言いたいことがある気持であった。それははっきり言えば鑑真《がんじん》を伝戒の師として日本へ招ずる計画を、いまここで打ち切ったらどうだろうという考えであった。和上も老いていたし、栄叡の健康ももはやそうした計画を実行するにはあまりにも弱っていた。鑑真自身は一言も自分の考えを外に洩《も》らさず、渡日の計画については一切語らなかったが、併《しか》し鑑真の時々の話から推《お》して、彼が故国揚州へ帰る意志を微塵《みじん》も持っていないことだけは明らかであった。ここから対岸の雷州《らいしゅう》に渡った時、当然一行はこれからの行程を決めなければならなかった。このままでは鑑真はどこか日本へ渡る良港を探して、そこを目指すに違いないと思われた。普照はいま、鑑真にも栄叡にも必要なものは官の庇護《ひご》であり、流《る》浪《ろう》の生活を一日も早く打ち切ることであると信じて疑わなかった。併し、普照は栄叡の顔から眼を逸《そ》らすと、そのことを口から出す誘惑《ゆうわく》に耐えた。栄叡は恐らくその普照の言葉には耳も藉《か》さないであろうし、またその言葉が病める友にとっていかに大きな打撃《だげき》になるかということが判《わか》っていたからである。

それから数日後、鑑真は崖州を去ることを発表した。大使張雲は和上に別れを惜《お》しみ、澄邁《ちょうまい》県をさして出発する一行を城外まで送り、県の役人をして船まで見送らせた。一行は振州に漂着以来半年余を過した海南島を離れて海に浮《う》かんだ。二日三晩にして、船は雷州に達した。

## 四 章

鑑真の一行は久しぶりで大陸の土を踏《ふ》んだ。一行は雷州から羅《ら》州、弁《べん》州、象《しょう》州、白《はく》州、繡州《しゅう》を経て、西江《せいこう》沿岸の藤州《とう》、梧州《ご》を過ぎ、梧州から舟で桂江《けいこう》を溯《さかのぼ》り、始安郡の郡治である桂林に到着した。一行は各地で、官人や道俗、父老の盛んな迎送を受けた。桂林からは湘江《しょうこう》を舟で下って江南へ出る予定であった。これはいうまでもなく、ひとまず渡日《とにち》を断念した上で選んだ行程であった。広西《カンシー》、広東《カントン》方面から渡日の船便を得ることも考えられたが、鑒真はそれを取らなかった。栄叡は再挙の機会が遠くなったことで落胆したが、普照はこの際黙って鑒真の考えに従うべきであることを説いた。

桂林へはいると、漸く南方の熱帯的な気候から脱《だつ》して、一行の者は久しぶりで唐土にある思いを持つことができた。空の色も水の色も陽の光も、南方のあくどい色彩《しきさい》とは替《かわ》って、静かなものに置き替えられた。季節の感覚も正常に身に感じられた。

桂林には長く滞在する予定ではなかったが、一行がこの都邑《とゆう》へはいると、始安の都《と》督《とく》上党公馮古璞《ふうこはく》は鑒真和上の来着を知って、自ら徒歩で城外へ出て、体を地に投げ、足を組み、礼拝して、一行を開元寺へ迎え入れた。

開元寺はこれまで久しく仏殿を開かなかったが、和上を迎えてこの時何年かぶりで仏殿を開いた。忽《たちま》ちにして香気は城内に満《み》ち満ちた。城内の僧徒は幢《どう》を捧《ささ》げ、香を焚《た》き、梵《ぼん》を唱えて寺に集まって来た。そして連日連夜州県の官人百姓《ひゃくしょう》たちは開元寺に詰めかけ、境内に溢《あふ》れた。

都督馮古璞は自ら食事の支度《したく》をして衆僧を供養し、鑒真を招いて菩薩戒《ぼさつかい》を受けた。また七十四州の官人や選挙試学の人たちが皆《みな》この都邑に集まり、都督に倣《なら》って菩薩戒を受けた。

一行の止宿した開元寺は隋《ずい》時代の創建にかかる寺で、もとは縁化寺《えんかじ》といったが、失火に依って炎上し、後に再建されて、玄宗に到《いた》って初めて開元寺となった。一行がはいった時は開元寺になってからまだ幾歳《いくとし》も経っていなかった。

かくして図《はか》らずも一行はこの桂林の地に三カ月留まった。気候が変ったせいか、この地へ来てから栄叡は一見健康を取り戻《もど》したかに見えた。

折しも南海の大都督、五府の経略採訪大使、摂御史中丞《ちゅうじょう》の幾つもの肩書《かたがき》を持つ広州太守の盧煥《ろかん》が、鑒真を広州に迎えるための使者を派して寄越した。広州への道は江南とは逆になっていたが、鑒真は盧煥の乞《こ》いを容《い》れて、広州へ赴《おもむ》くことを承諾《しょうだく》した。一行の中にはこの大きな寄り道に対して内心不服な者もあったが、鑒真が決心した以上これに従わざるを得なかった。

盧煥は唐代の一流の名族、范陽《はんよう》の盧氏の出で、秀才と清廉《せいれん》を以《もっ》て聞え、玄宗の信任の厚い人物であった。栄叡と普照は、曾て十数年前駕《が》に随《したが》って洛陽より長安に向う途中、当時陝州《せんしゅう》の刺史《しし》であった盧煥に会っていた。玄宗が盧煥の政治を賞して、その役所の壁《かべ》に親《みずか》ら賛した時のことである。勿論《もちろん》盧煥の方は覚えている筈《はず》もなかったが、二人の日本僧の方は盧煥を見知っていた。

盧煥は諸州に牒《ちょう》を下して鑒真一行を広州へと迎えしめた。一行が桂林の地を離《はな》れる時、都督馮古璞は自ら手を下して鑒真を舟に乗せ、

「いよいよお別れすることになりましたが、最早《もはや》今生《こんじょう》での再会は望めないことでありましょう。この上は弥勒《みろく》の天宮*に於てお目にかかるばかりです」

と言った。一行も亦《また》滞在中世話になった桂林の人々との別れを惜しんだ。この時、栄叡はまた健康秀《すぐ》れず高熱に見舞われていた。彼は普照と思託と祥彦に助けられ、一番最後から、熱のため火のように熱くなっている体を舟の上に移した。

桂江を下ること七日、梧州《ごしゅう》に至る。次いで端州《たんしゅう》の竜興寺に至る。栄叡師奄然《えんぜん》として遷化《せんげ》す。大和上哀慟《あいどう》悲切《ひせつ》なり。喪を送りて去る――『唐大和上東征伝《とうせいでん》』には栄叡の死についてはこれだけの記述しか見出《みいだ》せない。後年この東征伝の著者に記録を提供した思託の記述がここにはそのまま使われているのかも知れない。

桂江を下って、江岸の梧州に到着、それから西江の本流を下った一行が途中端州に上陸して、その地の竜興寺にはいったのは、船中で栄叡の病状が俄《にわ》かに革《あらた》まったためであった。

一行が土地の役人に導かれて竜興寺の門をくぐった時は既《すで》に死は栄叡を取り巻いてしまっていた。寺にはいった栄叡の亡骸《なきがら》を前に、鑒真はその枕頭《ちんとう》に坐《すわ》って宛《さな》ら生ける人間に対するように言った。

「私が桂林を経て江南を目指したのは、叡の健康を案じたからである。一刻も早く暑熱の地を離れたかったからである。またこんど、広州からの招きに応じたのは、叡の健康が回復したので、江南へ帰る替りに広州へ行って日本への船便を得ようと思ったためである。併し、いまや総《すべ》ては虚《むな》しいことになってしまった」

鑒真の言葉が途切れると同時に、慟哭《どうこく》の声がそこここから起った。

その翌日、栄叡は竜興寺の裏の岡《おか》に葬《ほうむ》られた。普照がその亡骸の上に最初の土をかけ、鑒真、祥彦、思託の順でこれに倣った。天宝八年の暮《くれ》のことである。開元二十一年（天平五年）に入唐《にっとう》してから十七年を経ている。普照は一行の中でいまやただ一人の日本人であった。鑒真の渡日については一行の中にもいろいろの考え方をしている者があったが、兎《と》も角《かく》、栄叡のひたむきな情熱が鑒真を動かし、天宝元年以来今日まで、一行をいつ実現するとも判らぬ渡日の冒険《ぼうけん》へと駆《か》り立てて来たのであった。普照自身にしてもこの八年間の流離《りゅうり》の日々は全く栄叡に引きずられて来ていたといってよかった。普照の心には、計画が蹉跌《さてつ》する毎《ごと》に鑒真を日本へ招ずるということに対する疑惑《ぎわく》の念が頭を擡《もた》げて来たが、いつも栄叡の不屈な闘志《とうし》に押し切られていた形であった。その栄叡は今は亡《な》かった。

栄叡の喪をすますと、一行は竜興寺を出て、端州の太守に迎えられて、広州まで案内して貰《もら》った。広州にはいるとこんどは都督盧煥が道俗を率いて、城外まで出迎えた。接待は頗《すこぶ》る鄭重《ていちょう》を極《きわ》め、一行は導かれて大雲寺へとはいった。この寺には大棗《おおなつめ》のような実をつけた呵梨勒樹《かりろくじゅ》が二本あった。ここで一行はいろいろの供養を受け、登壇授戒を求められた。

この大雲寺に滞在中、普照は栄叡を喪《うしな》った淋《さび》しさを紛《まぎ》らわせる気持も手伝って、毎日のように付近の名所仏蹟《ぶっせき》を見廻った。大体この広州の城は三重の城壁《じょうへき》を持ち、都督盧煥は文武の権を掌握《しょうあく》して、その権勢は玄宗帝《げんそうてい》にも劣らぬくらいで、商館、民家は城の内外に満ち溢れていた。郊外《こうがい》には何里とも判らぬ茘枝《れいし*》の森が続いており、緑の葉の中に、点々と鮮紅色《せんこうしょく》の果実が配されていて、普照の眼《め》にはこの世ならぬ美しさで映った。この芳香《ほうこう》と水々しい甘露《かんろ》を持った果実を、最近玄宗皇帝が愛妃楊貴妃《あいひようきひ》のために、騎馬《きば》をもって長安に送るように命じて来たという噂が巷間《こうかん》には専《もっぱ》らであった。

開元寺にも行った。ここには白檀《びゃくだん》で造られた華厳《けごん》九会《え*》があった。曾てこの寺に止住していた胡人《こじん》が、工匠《こうしょう》六十人を率いて、三十年の歳月《さいげつ》と三十万貫の費用とを投じてこれを造り、もともと、天竺《てんじく》へ持って行くつもりのものであったが、採訪使劉巨鱗《りゅうきょりん》が委細を奏上し、ために勅《ちょく》が下ってこの寺へ留め置かれるに到ったものであった。七宝をもって荘厳《しょうごん》してあり、その美しさは形容しようのないものであった。

また普照は婆羅門《ばらもん》*の寺へも行った。婆羅門の寺は三つあって、そのいずれにも梵僧が止宿していた。その寺の一つには池があって、その面を青蓮華《せいれんげ》が覆《おお》っていた。これについて、思託は「華葉根茎並《かようこんけいならび》に芬馥奇異《ふんぷくきい》なり」と記した。

この蓮池《はすいけ》のある婆羅門の寺へ行った時、普照はこの寺に日本僧が半歳程《ほど》前より止宿していることを聞いて、ひどく懐《なつか》しい気持がして、それから何回か訪ねて行ったが、いつも留守で会えなかった。

併し、一カ月程して何回目かに行った時、普照が朱《しゅ》や黄や緑で塗《ぬ》られた奥《おく》まった小さい門の横手の建物の内部に見出した人物は、思いがけず戒融《かいゆう》であった。二人は思わず互《たが》いの眼を見入った。そして互いの両腕《りょううで》をそれぞれの両の手で握《にぎ》り合った。戒融も寄る年波には敵《かな》わないと見えて老《ふ》けていた。前歯が二本欠けていたので、笑うと多少妖怪《ようかい》じみて見えた。戒融は鑒真や普照たちがこの地に来ていたことは噂で知っていたと言った。どうして訪ねて来なかったのかと、普照が詰《なじ》ると、これだけは昔と変らない皮肉な口調で、

「だんだん日本人に会うのが厭《いや》になる。故国の土を再び踏むまいと決心した者には、故国の匂《にお》いを持っているものはなべて厭なものだ」

と言った。戒融は梵僧と一緒に暮しているためか、何から何まで梵僧臭《くさ》くなっていた。体も痩《や》せて色も黒くなり、梵僧独特の着ぶくれた風体《ふうてい》をしていた。普照が栄叡の死を語るとその時だけ、戒融はさすがに暗然たる表情をして、

「惜しい男を失《な》くしたな」

と言って、それから暫《しばら》く瞑目《めいもく》していた。

その日、普照は戒融に案内されて、異国の食物を食べるために異国の船の群がっている港へ出た。珠江《しゅこう》の江口であった。婆羅門の船もいれば、崑崙《こんろん》*の船も、波斯《ペルシャ》の船もいた。そしてどの船も異国の品物を山のように満載《まんさい》しており、船の深さは六、七丈《じょう》もあった。港には獅子国《ししこく》*、大石国*、骨唐国《こつとうこく》、白蛮《はくばん》、赤蛮《せきばん》等、今までにその名を聞いただけで一度も眼にしたことのない、皮膚《ひふ》の色も眼の色も全く違《ちが》った異国人たちの姿が見受けられた。その多くが船に居住しているということだった。

埠頭《ふとう》に近い一郭《いっかく》に食物屋が軒《のき》を列《つら》ねて並《なら》んでおり、人々はそこらに群がっていたが、その食物屋の一軒で二人は異国の酒を飲んだ。その時、普照は戒融の口から、彼が海路天竺へ渡《わた》ろうとしていることを知った。往《い》きは海路を取り、帰途《きと》は玄奘三蔵《げんじょうさんぞう》*の

『大唐西域記』の道を取って唐土へ帰るつもりだと戒融は語った。戒融の口からは玄奘三蔵を初めとして、多くの唐僧たちに依《よ》って切り開かれた天竺への道や、それに関する旅行記の名が出たが、普照はその一つの名をも知っていなかった。そうした知識からはひどく疎《うと》かった。

「お互いに海を渡ることで苦労しているな」

戒融は言って笑った。同じように海を渡ることで苦労しているといっても、一緒にして貰っては困ると普照は言いたかった。戒融の言葉に反撥《はんぱつ》したいものを普照は感じたが、併し、異国人たちの群がる埠頭にいて、異国語を耳にし、異国の船を眼《ま》のあたりに眺《なが》めていると、普照も戒融の気持は気持として、それを必ずしも否定する気にはならなかった。

この日、戒融から、普照は図《はか》らずも業行《ぎょうこう》の消息を聞いた。戒融は、栄叡や普照のこと何年かの苦労に対してはさほど動かされている風ではなかったが、業行のことになると、口を極めて賞讃《しょうさん》した。といっても、戒融は業行に会っているわけではなかった。戒融は戒融なりの知人の筋をあちこちに広く持っていて、業行の近況《きんきょう》もそうした方面から耳に入れたものらしかったが、かなり詳《くわ》しいものであった。業行は洛陽の大福先寺にいて、相変らず儀軌《ぎき》類を写しており、大福先寺でも業行を特別に扱《あつか》って坊舎を与《あた》え、衣食を給しているということであった。体はすっかり小さくなり、背は曲り、視力は衰《おとろ》え、その姿は見る影《かげ》もなくなっているらしかった。そんな業行の姿が普照《ふしょう》には眼に見えるようであった。

普照が戒融に会ったのはこの日一度きりであった。普照は数日後にもう一度婆羅門寺を訪ねて行ったが、その時は戒融が多勢の梵僧たちと共にいずこへともなく立ち去ったあとだった。

広州の地に鑑真らは一春を過した。異国との往来頻繁《ひんぱん》な港ではあったが、日本への便船はなかった。鑑真はついにここで渡日の便宜《べんぎ》を得ることを諦《あきら》めて、こんどは韶《しょう》州《しゅう》を経て、江南を目指すことにした。出発に当っては、広州の道俗は大挙して遠方まで一行を見送って来た。

北江を船で溯《さかのぼ》ること七百余里、一行は韶州に到着《とうちゃく》、禅居寺にはいって、久しぶりで船上の眠《ねむ》りでない眠りを貪《むさぼ》るように取った。そして韶州の官人道俗に迎《むか》えられて郊外の法泉寺に移った。この法泉寺は則天が慧《え》能《のう》*禅師のために造った寺で、禅師逝《ゆ》いて三十八年、方丈には禅師の影像《えいぞう》が残っていた。この寺に暫くいて、こんどは開元寺に移った。

開元寺に移った時、普照の気持は決まった。栄叡の亡い現在、鑑真を初めとする一行の僧たちを更《さら》に新しい冒険へ駆り立てる力は自分にはないと思った。それからもう一つ、他の唐僧たちとは違って、普照は日本の留学僧としての資格はなくなっていたし、鑒真らと再び揚州の地を踏めば、鑒真らの使《し》嗾者《そうしゃ》として官からいかなる罪が下らないとも限らなかった。このことについては普照ばかりでなく、祥彦《しょうげん》も思託《したく》も同じ見方をしていた。彼らにしても今や一行中ただ一人になった日本僧の立場は頗《すこぶ》る微妙《びみょう》なものに見えているようであった。

「和上は栄叡の死後、渡日のことについては一語も語られない。まだ日本へ渡ろうとしていられるのか、その考えを捨て去ったのか、その心の内部はわれわれには窺《うかが》い知ることはできない。自分たちは和上の心のままである。和上がなお日本へ渡ろうとなさるなら、私たちは悦《よろこ》んでお供するし、もはやその考えを捨てて唐土に留《とど》まられるというのなら、私たちも亦《また》唐土にいて和上のお傍《そば》にいるだろう」

祥彦は言った。そして、

「私たちの態度は決まっているが、照上座の立場は違っている。和上の心がいかようなものであれ、貴方《あなた》は日本へは帰らなければなるまい」

思託の方は特にこのことについては意見を述べなかったが、渡日の問題に関する限り若い唐僧の考えも祥彦と同じであろうことは普照には判《わか》っていた。祥彦と思託を除いた他の者の気持は、栄叡の没後《ぼつご》表面には出さないが、渡日をはっきりと忌避《きひ》していることは今や明らかであった。

普照には、鑑真《がんじん》の考えだけが判らなかった。渡日問題については一切口を緘《かん》して語らないし、その日本の武人のように意志的な烈《はげ》しいものを持った顔からは、いかなる考えをその内部に蔵しているか窺うことはできなかった。ただ一つ普照に判っていることは、今や鑑真が再び揚州を目指しているということだけであった。

鑑真がいかなる考えを持っているにせよ、普照は自分がこの一行から離脱することに依って、一応この小さい団体を縛《しば》っている渡日計画が解消することを知っていた。そうなれば、それこそ一行の大部分の者の望んでいることであり、祥彦、思託にとっても強《あなが》ち不本意なことではない筈であった。鑑真を伝戒の師として日本へ招ずることは日本にとっては大きい問題であったが、併し、更に高処に立って考えれば、鑑真のような高僧をこれからも生死の程も判らない渡海の冒険に誘《さそ》うことがいいことか悪いことかすぐには判断できなかった。

普照は自分だけこの一行から脱しようと思った。そうすることに依って、栄叡の死は意味を失い、自分のここ八年間の放浪《ほうろう》生活の労苦も全く徒労に帰するわけであったが、この際自分の信ずる道を取る以外仕方がなかった。普照の瞼《まぶた》には鑑真に替って、新しく業行が浮かんで来ていた。業行の持っているあの厖大《ぼうだい》な経典類の束《たば》は、これこそ何の躊躇《ちゅうちょ》も疑いもなく日本へ持ち運ばなければならぬものであった。不幸にして彼の仕事の一部は日本の土を踏まずして、南の辺土に留まることになったが、併しまだ彼の写した経典の山は大きかった。それを故国へ運ぶ仕事に、普照は自分のこれからの生命を賭《か》けようと思った。

こうした普照の考えは栄叡の没後、約半歳《はんとし》の間に彼の心の中で徐々《じょじょ》に固まって来たものであるが、併《しか》し、これを決定的なものとしたのは、韶州で三つの寺を転々としている間に、鑑真の視力が急速に衰《おとろ》えて来たことであった。鑑真は六十三歳になっていた。一行の者のすべてが、若い思託は別にして、殆《ほとん》ど別人のような風貌《ふうぼう》になっていた。体力も衰え、相貌も変っていた。殊《こと》に老齢《ろうれい》の鑑真は甚《はなは》しかった。今や一刻も早く自分はここを去り、鑑真は官の庇護《ひご》のもとに置かれなければならぬと普照は思った。

普照は鑑真の前に出て、自分の考えを語った。自分はここで一行に別れ、鄮山《ぼうざん》の阿育王寺に行って、そこで日本への船便を待ちたいと思う。御一緒《ごいっしょ》に日本へ渡ることのできないのは残念だが、これ以上流離艱苦《りゅうりかんく》の生活を和上に強《し》うべきではないと信ずる。鑑真は瞑目《めいもく》して普照の話すのを聞いていたが、やがて眼を大きく見開いて、普照を見《み》詰《つ》めると、

「私は戒律を日本国へ伝えんがため願を発して何回も海に浮かんだ。が、不幸にして未《いま》だに日本の土を踏めないでいる。併し、この本願はいつかは遂《と》げなければならぬものである。現在、自分たちは揚州を目指している。永年の流浪《るろう》の生活で一行の者はみな疲《つか》れ果て、祥彦も健康を害《そこ》ねているし、私の眼も衰えている。ひとまず揚州に帰り、体を休め、再挙を図る以外仕方がないだろう。再挙までにはなお多少の年月を要すると思う。併し、照は立場が違っている。このままでは徒《いたず》らに滞唐《たいとう》生活が長引くのみである。若《も》し、船便があれば先に日本へ帰るのもよかろう。ただ多年労苦を共にしたのに、一緒の船で日本へ渡れないことが残念である」

と言った。そして言い終えると、普照に近く寄るように言った。普照は鑒真の傍に膝《ひざ》を進めた。普照は和上の手が自分の手を取るのを感じた。鑒真に手を取られたまま普照は泣いた。

翌日、普照は永年生死を共にした一行と袂《たもと》を分って一人陸路鄮山を目指した。思託は普照を送って来たが、いつまで経《た》っても別れ去ることができなかった。城門を隔《へだ》ること十里の地点で、二人は漸《よう》くにして反対の方向へ歩き出した。この時天宝九年の夏六月、普照は四十の半ばを過ぎ、思託は二十七歳であった。

普照は秋の終りに鄮山の阿育王寺に到着したが、この半歳に亘《わた》る旅の間で二つの不思議なことに遇《あ》った。

一つは、彼が韶州を発して二ヵ月程してからのことである。普照はその時福州へはいろうとしていた。福州への道を取ったのは、福州から温州へ出れば、あとは天宝三年に鑒真と共に一度歩いたことのある道で、鄮山へ行くには勝手が判っていたからであった。

普照は大庾嶺《だいゆれい》*を越《こ》え、二ヵ月に亘った山岳《さんがく》地帯を抜《ぬ》けて漸く海に近い平野へはいっていた。平坦《へいたん》な道が続いていた。ある日午刻《ごこく》を少し過ぎた頃《ころ》、俄《にわ》かに天日が曇《くも》り、夜のように四辺《あたり》が薄暗《うすぐら》くなった。真夏の季節だというのに、ひんやりとした風が吹《ふ》き、街道の樹木の葉がざわざわと音を立てるのが聞えた。普照は暁闇《ぎょうあん》のような薄暗さの中に立ちすくんだまま、一歩も踏み出せないでいた。その時、

「照《しょう》よ」

という紛《まぎ》れもない鑒真の声を、普照はすぐ身近いところで聞いた。はっとして四辺を見廻《みまわ》したが何も見えなかった。

「和上《わじょう》」

普照は叫《さけ》んだままそこに立っていた。どうして鑒真はこんなところに来られたので

あろうかと思った。その異変は極《ご》く僅《わず》かの時間のことで、やがてまた徐々に昼の明るさに立ち返った。勿論鑒真の姿はどこにもなかった。普照は鑒真の身の上に何か変事でもあったのではないかと思った。若し、鑒真が二月前と同様に韶州に今も留まっているのが判っていれば、すぐにも引き返して行きたい気持であった。

後で判ったことであったが、この時、普照が案じたように鑒真の身の上には変事があったのである。

普照が立ち去ったあと、鑒真は日一日眼光が薄れ、物象が次第《しだい》にぼんやりして来る一方だったので、周囲の者の勧めもあって、眼をよく治すという胡人《こじん》の療治《りようじ》を受けた。が、その効験もなく、ついに明を失するに到ったのである。異変が起り、普照が「照よ」という和上の声を聞いたのはこの鑒真失明の時のことだったのである。

もう一つの不思議は、更に一カ月程して、普照が福州へ出て、福州から海岸沿いに温州へ向っている時のことであった。普照はその夜温州の荒廃《こうはい》した禅寺に泊《とま》っていたが、暁方《あけがた》近く祥彦《しようげん》の夢《ゆめ》を見た。祥彦はひどく痩《や》せていた。普照が一行と別れた時も、祥彦はとかく健康が勝《すぐ》れず、それでなくてさえ貧相《ひんそう》な体に痩せが来ていたが、夢の中の祥彦はもっと痩せていた。祥彦は懐《なつか》しそうに普照の前へ来て坐ると、静かな声で「南無阿弥陀仏《なむあみだぶつ》」と一言言った。それで夢は破れた。床《とこ》の上に起き上がった普照の耳には、いつまでも祥彦の声が残っていた。普照は烈《はげ》しい不安に襲《おそ》われて、祥彦の身の上が気遣《きづか》われてならなかった。

これもまたあとで知ったのであるが、この時祥彦は栄叡《ようえい》より後《おく》れること幾許《いくばく》もなくして他界したのであった。鑒真の失明後一行は開元寺を発し、霊鷲寺《りようじゆじ》、広果《こうか》寺を巡遊《じゆんゆう》し、貞昌《ていしよう》県に至り、梅嶺《ばいれい》関の嶮《けん》を越えて嶺北に出て、贛江《かんこう》を船で下り、虔州《けんしゆう》の開元寺にはいった。ここには中書令《ちゆうしよれい》鍾紹京《しようしようけい》*が隠棲《いんせい》していて、一行は乞《こ》われるままにその邸《やしき》にはいり、壇《だん》を立てて戒を授《さず》けた。そして再び舟上《しゆうじよう》の人となり、吉州を過ぎ長江へ出ようとした。

暁方、病床《びようしよう》にあった祥彦は突然《とつぜん》起き上がると端坐《たんざ》して、思託に和上が眠っているかどうかを訊《き》いた。思託がまだ鑒真の目覚めていないことを伝えると、祥彦は、

「いま私の命数は尽《つ》きようとしている。和上にお別れがしたい」

と言った。思託はそのことを鑒真に報《しら》せた。鑒真はすぐ起きると、香《こう》を焚《た》き、曲几《きよくき》を持って来て、それに祥彦をもたれさせ、西方に向って阿弥陀仏を念ぜしめた。言われたように、祥彦は素直に、

「南無阿弥陀仏」

と、一声唱えた。そしてあとは何の声もその口からは洩《も》れなかった。

「彦《げん》、彦」

と、鑒真は呼んだ。その時はもう端坐したまま祥彦は息絶えていた。普照が夢で祥彦に会ったのはこの時のことであったのであろう。

普照は阿育王寺にはいると、一ヵ月程そこで長い流離の生活の疲れを休めた。ここには旧知の人も多勢いて、宛《さなが》ら郷里へ帰ったような気持で、長い間放浪した辺土のことがまるで夢の中の出来事のように思われた。

普照は体の疲れが癒《いえ》ると、戒融《かいゆう》から洛陽《らくよう》の大福先寺の坊舎《ぼうしゃ》にいると聞いた業行《ぎょうこう》に会うためにすぐ洛陽への旅に上った。途中揚州を過ぎたが、まだ鑒真和上の一行が揚州へはいったという噂《うわさ》は聞かなかった。

普照にとって洛陽の都は、開元二十四年玄宗の駕《が》に随ってこの地を去って以来のことであった。十四年ぶりで大福先寺を訪ねると、師定賓《じょうひん》は既に他界しており、知人もいなかった。併し、戒融が言ったように、曾《かつ》て、景雲という不幸な老僧のいた同じ坊舎に、業行は止宿していた。普照が寺僧に面会の仲介《ちゅうかい》を頼《たの》むと、すぐ業行は姿を現わした。業行はまたひと廻り小さくなっていた。彼は普照の顔を見ると、はっとしたような表情をして、一体どうしたのかと訊いた。

普照がその寺の庭で漂流《ひょうりゅう》から始まる長い放浪生活のことを手短く話すと、業行はひどく不機嫌《ふきげん》な顔になって、歩きながらがたがたと体を震《ふる》わせた。そして、それでは自分が預けたあの経巻類をそんな南の国の名も知れない寺へ置いて来たというのか、と相変らずはっきりしない喋《しゃべ》り方で、併し明らかに烈しく非難する口調で言った。

「名も知れない寺といっても、大雲寺は振州では一、二の名刹《めいさつ》です。海底の藻屑《もくず》になったわけではなく、あの経巻類は現在、この唐土にあって、仏陀《ぶつだ》の功徳《くどく》を説いております。そのことで諦《あきら》めて戴《いただ》けませんか」

　普照は静かに諭《さと》すように言った。他の者から言われたら腹立たしかったに違いないが、業行に言われると、さして腹は立たなかった。それに日本へ送り届けると言っておきながら、何千里も離《はな》れている南海僻陬《へきすう》の地へ置いて来たのであってみれば、たとえ已《や》むを得ない事情にあったとはいえ、自分の方に越度《おちど》があるわけであった。

「あれは日本へ持って行くための経巻です。なるほど仏像以外一物もない辺土の寺へ納めたとすれば意味はあるでしょうが、併し、あれは日本へ持って行くために、私が生涯《しょうがい》をかけた仕事の何分の一かです」

「では、船が来るまで何年あるか知れませんが、その間に、振州の大雲寺に置いて来た経巻類の写経を私がやりましょう。たとえ幾《いく》らかでも、私の力でそれを埋《う》めましょう」

普照《ふしよう》は言った。本当にその仕事で船便のあるまでの時間を埋めようと思った。業行のためでもあり、また当然自分の果すべき仕事でもあるように思われた。

普照は業行から振州の大雲寺に置いて来た写経の目録の控《ひか》えを写して貰うと、それを持って再び鄮山の阿育王寺へ帰った。途中揚州へ立ち寄ったが、まだ鑒真ら一行の噂は聞かなかった。

普照は阿育王寺では、そこの廃園《はいえん》のような感じの竹の疎林《そりん》に面した一室で、業行との約束《やくそく》を果すために写経の仕事に専念した。普照が写さなければならぬものは義浄訳の経典ばかりで、手にはいるものもはいらないものもあったが、普照は簡単に手にはいるものから写して行った。

普照が、鑒真らが揚州へ帰着したことを噂で知ったのは天宝十年の春であった。端州の竜興寺に於《お》いて栄叡に死なれ、それから幾許もなくして自ら盲《めし》い、更に贛江《かんこう》を下る船の中でこれまで影の形に添う如《ごと》く付き随《したが》っていた祥彦に先立たれたあとの鑒真の行動については、普照は後年のことではあるが、それを思託から聞くことができた。

鑒真の一行は吉州を出て、更に贛水を下り、南昌を過ぎ、鄱陽湖《はようこ》を通り、江州を目指して旅を続ける途中、廬山《ろざん》の東林寺に立ち寄った。ここは晋の慧遠《えおん》法師*が太元十一年（西紀三八六年）に建てた寺で、慧遠はここに壇を立て戒を授けたが、その時天が甘露《かんろ》を降らしたので、世人はこれを甘露壇と称した。この甘露壇は現在もなお存在し、現に最近、鑒真の弟子の志恩律師がこの寺に来て授戒を行ったが、その時もまた天は甘露を降らした。その時列席していた者の着衣を濡《ぬ》らした露《つゆ》は、ある粘《ねば》りを持っていて、その色は紫で、その味は蜜《みつ》より甘《あま》かった。道俗はこれを見て、慧遠法師の故事と全く同じであることに驚《おどろ》き、甘露壇の名の偽《いつわ》りでないことを知ったという。

こうした自分の弟子に関する噂を懐《なつか》しく聞きながら、鑒真はここで三日を過し、それから潯陽《じんよう》の青竜寺に赴《おもむ》いた。この寺も慧遠法師の建てた寺であるが、建てた時水がなかったので、慧遠法師は願を発して錫杖《しやくじよう》で地面を叩《たた》いた。すると何処《どこ》からともなく二匹の青竜が現われ、錫杖を立てたところから天に登った。と見る間に、水は地面から三尺の高さで噴《ふ》き出した。この伝説に依ってこの寺は青竜寺と名付けられていた。

一行はここから陸路を江州城へと向った。江州（現在の九江）では太守が州内の僧《そう》尼《に》、道士、女官たちを集め、また州県の官人、百姓《ひやくしよう》を集め、香を焚《た》き、華《はな》を飾《かざ》り、音楽を奏して一行を迎え、三日間供養《くよう》した。そして一行の出発に際しては、太守親しく潯陽県より九江駅まで見送った。鑒真らはここで船に乗り太守と別れた。

それから大江を下って東すること七日、潤州江寧県《じゆんしゆうこうねい》（現在の南京《ナンキン》）に到着、ここでは瓦官寺《がかんじ》に詣《もう》でて有名な宝閣《ほうかく》に登った。閣は梁《りよう》の武帝の建てたもので、二十丈の高さを持ち、三百余年の歳月《さいげつ》を経て、多少傾《かたむ》いていた。伝説に依ると、一夜暴風が吹き、翌朝人が見ると閣の下の四隅《すみ》に塔《とう》を支えるようにして立った四神の跡《あと》があった。そんなことから現在でも四神王の像が閣の下隅に造られてあった。高さは三尺で、その下《か》端《たん》は地に三寸程《ほど》はいっていた。問題の神跡というのもいまなお存していた。

この江寧県には夥《おびただ》しい数の伽藍《がらん》があった。現存する江寧寺、弥勒《みろく》寺、長慶寺、延祚《えんそ》寺《じ》等、いずれも梁《りょう》の武帝の興建にかかるもので、一行は次々にそれらの寺に詣でたが、荘厳《しょうごん》も彫刻《ちょうこく》もその巧を尽したものであった。

一行がそうした見物に日を送っているある日、思いがけずこの地から程遠からぬ摂山の麓《ふもと》の棲霞寺《せいかじ》に止宿していた霊祐が訪ねて来た。霊祐は鑒真《がんじん》の前に出ると、五体を地に投げ、その足に顔を擦《す》りつけて、涙《なみだ》に顔を濡らして言った。

「大和上は遠く東の日本国へ向って去って行かれました。私は一生再びお目にかかることはできないと考えておりましたが、今日こうして図らずもお目にかかっております。まことに盲《めし》いた亀《かめ》が眼《め》を開いて天日を仰《あお》ぐような思いでございます。戒燈《かいとう》は再び明るくなり、街衢《がいく》に立ちこめていた陰鬱《いんうつ》な気は忽《たちま》ちにして消え去ってしまうことでありましょう」

鑒真も現在は、曾ての好意的密告者に対する怒《いか》りを解いていた。鑒真は霊祐に案内されて、盲いている身を栖霞寺に移した。

この栖霞寺は、斉《せい》の永明七年（西紀四八九年）に明僧紹《しょう》が自宅を捨てて寺としたのが始まりで、三論宗の高僧慧布《けいふ》、慧峯《けいほう》らもここに住んだことで知られていた。また近年、霊祐のほかに同じ鑒真の弟子である璿光《せんこう》、希瑜《きゆ》、曇玭《どんひん》らもここに住んでいたことがあり、鑒真にとっては因縁浅からぬ寺であった。

ここに留まること三日、摂山を下って、いよいよ最後の行程である郷里揚州への道を取った。大江を船で渡り、瓜州《かしゅう》から新河の岸に至り、一行は何年かぶりで遠く平原の果てに懐しい揚州城の城壁《じょうへき》を見た。併し一行は城内にはいらないでひとまず郊外の既済寺にはいった。この既済寺は第一回の渡日《とにち》の計画の時使った寺で、鑒真や思託にとっては、ここの一木一草には感慨《かんがい》深いものがあった。

鑒真が帰って来たことを聞くと、江都の道俗は城を出て道路に充《み》ち溢《あふ》れ、出迎えの船は舳艫《じくろ》相接して運河を埋めた。

かくして一行は城にはいり、鑒真はもとのように竜興寺に住むことになった。鑒真は長い放浪生活が恰《あたか》もそこになかったかの如く、何年か前と同じように竜興寺で意志的な顔を真直《まっす》ぐに上げて、律を講じ戒を授けた。ただ昔と違《ちが》うところは、眼窩《がんか》が深く落ち窪《くぼ》み、その両眼が痛々しく盲いていることであった。

# 五章

普照は阿育王寺で天宝十年の春から夏へかけて、毎日のように写経の筆を執《と》った。春に鑒真らの一行が揚州へ帰り着いたことは聞いたが、普照は揚州へは出かけて行かなかった。自分が顔を出して鑒真の気持を乱すことを怖《おそ》れたことが一つ、もう一つはそこへ行く時間が惜《お》しまれたからである。普照は写経の仕事に取りかかってから初めて、それがいかに時間と労力を要する大変な仕事であるかを知った。朝から晩まで一室から出ないで机に対《むか》っていても、一日に進捗《しんちょく》する分量は知れたものであった。

普照は、鑒真が竜興寺ばかりでなく、崇福寺や大明寺や延光寺などで律を講じ戒を授ける噂を聞いた。そうしたことを耳にした日は、普照は時々写経の筆をおいては、眼を暗い室内から明るい窓外へと向けて、和上《わじょう》の姿を瞼《まぶた》に思い描《えが》いた。和上が盲いたことは人伝《ひとづ》てに聞いていたが、普照はどうしても師の盲いた顔を想像することはできなかった。

写経の仕事にかかっている間、心待ちにしている渡日の船便はなかった。併し、普照は渡日の船便を自分が待っているのか、あるいはそれがないことを望んでいるのか、自分でもはっきりと自分の気持を見定めることはできなかった。普照は自分がいつか業行に似て来ているのを知った。業行のために写した経巻は既《すで》に三十余巻を数えていた。併しまだ写すべきものの約半分であった。残りの半分を写し終るまでに、どうか船便がないようにと、そんな矛盾《むじゅん》した思いに取り憑《つ》かれている自分に気付くと、普照は今更のように曾《かつ》て業行が持っていた、第三者には煮《に》え切らないとしか見えなかったその複雑な表情の意味に思い当るのであった。

普照は年が革《あらた》まるとすぐ洛陽に向けて出発した。義浄訳の経典で阿育王寺で入手できないものの所在を業行に訊くためであった。大福先寺に訪ねて行くと、業行は病《びょう》床《しょう》に臥《ふ》していた。これまで普照が訪ねて行った時はいつも彼《かれ》は写経の筆を執っていたが、こんどだけは机から離《はな》れて床《とこ》の上に仰向《あおむ》けに横たわっていた。

義浄が大薦福寺に於て景雲二年（西紀七一一年）に訳出した『稱讃如来功徳神呪《しょうさんにょらいくどくしんじゅ》経《きょう》』等十二部二十一巻の経典の写しの所在を訊くと、業行は、それが蔵されていそうな幾つかの寺の名を挙げた。その全部が長安の寺であった。普照が長安まで行く労を省くために、洛陽か揚州の寺々で、それのありそうなところを知っていないかと訊くと、業行は、

「知りませんね。経典を求めるということはなかなか困難なことですよ。私は一つの

経典を探すために西都と東都を何回も往復した」

と言った。いかにも普照の骨惜しみする態度を難ずるような口調であった。この前会った時に初めて感じられた業行の気難しさは、暫《しばら》くの間に一層烈《はげ》しいものになっていた。往時の、一見愚鈍《ぐどん》に見えるような人のよさは表面から消えてしまい、皺《しわ》の深く刻まれている顔には老いの気難しさだけが目立って来ていた。生涯の大部分を異国にあって写経の仕事に過して来た人物の、当然行き着くべきところへ行き着いた姿といった感じであった。

普照は振州の大雲寺へ業行が写した二箱《はこ》の経巻を納めて来たことに対して、業行の怒りがまだ消えていないことを知った。併し、現在の普照には業行の怒りの執拗《しつよう》さが、たとえそれが自分本位の我儘《わがまま》な態度であるとはいえ、やはり理解できないではなかった。大雲寺に納めて来た二箱の経典は確かに業行が文字通り心血を注いだものに違いなかった。

普照は洛陽を発して長安に上った。天宝元年帰国を思い立ってこの都を離れてから満十年の歳月が流れていた。眼にはいる総《すべ》てのものが、普照には懐しかった。普照は自分が曾《かつ》て留学僧として配せられていた崇福寺を訪ねた。情熱の全部を傾けて『四分律疏《りつしよ》』や『飾宗義記《しよくしゆうぎき》』等を繙《ひもと》いた頃の思い出が寺門をくぐるとすぐ胸によみがえって来た。旧知の人が何人かいたが、みな普照がまだ日本に帰らず唐土に留まっていることを驚いている風であった。

普照はこの寺に彼が求めている経典の写しのあることを知って、それを借り出すことを交渉《こうしょう》したが、普照が留学僧としての籍《せき》もなく、また在唐八年以上の外国僧に与《あた》えられている帰化僧としての資格も持っていないために、それは許可されなかった。

普照は阿倍仲麻呂を煩《わずら》わして、経典の借用方の便宜《べんぎ》を取り計らって貰《もら》おうと思った。当時、仲麻呂は衛尉卿《えいいけい》の官名を帯びていて、武器、武庫、守宮の三署を統《す》べ、器械文物の政令を掌握《しょうあく》している高官であった。そしてまた李白《りはく》、王摩詰《おうまきつ》らと交ってその文名は一世に高かった。普照の十年の流浪《るろう》生活の間に、仲麻呂は廷臣《ていしん》として、文人として一層華《はな》やかな存在になっていた。曾て普照は洛陽の皇城の中にある門下外省で仲麻呂に会ったことがあったが、こんどはその時のように簡単には会えなかった。幾人かの役人を通して、普照の言葉は仲麻呂の許《もと》に達し、その返事はまた何人かの人を介して普照に伝えられた。普照は仲麻呂に会うために四日間待たなければならなかった。

普照が仲麻呂と会ったのはゆるやかな坂道を上りきったところにある官庁街の一角であった。仲麻呂は十余年前そうであった如く、いまも終始無表情で無感動であった。彼は普照の言葉を、いかにも耳で受け取るといった風に、少し横向きの姿勢で聞いていたが、やがて普照の言うところを理解したのか、そのままの姿勢で一つ二つ大きく頷《うなず》いてみせた。そして彼は、今日はこれから用事があるからといって、そのまま立ち上がって、自分から先にその部屋を出て行った。

そんな仲麻呂は、普照にはひどく冷たく頼《たよ》りない老人に見えた。併《しか》し、この対談している時の印象とは違って、すぐその翌日、普照は仲麻呂の部下の官吏の訪問を受け、すべて普照の希望するように取り計らってあるからという仲麻呂の言葉を伝えられた。実際にまたそのように取り計らわれてあった。

普照はそれから夏まで崇福寺の寺坊の一室で、『稱讃如来功徳神呪経』を初めとする幾つかの経典の文字を写す仕事に没頭《ぼっとう》した。この間に、普照は玄朗《げんろう》の消息を知りたくて、八方に声をかけておいたが、ついにその後の玄朗については何も知ることはできなかった。

七月、普照は洛陽から来た僧侶《そうりょ》から、日本の遣唐使船が明州の海岸に漂着し、四船の乗員全部が無事に唐土を踏《ふ》んだという話を聞いた。普照にとってはまさに寝耳《ねみみ》に水の話であった。二十年ぶりで第十次の遣唐使の一団は唐土へ派せられて来たのである。

この頃から普照は寸陰《すんいん》を惜しんで写経に没頭した。遣唐使の一行が入唐《にっとう》した以上、彼らを乗せて来た船が帰国するのはそう遠いことでないことは明らかであった。早ければ今年の冬、遅《おそ》くても来年中には帰国するものとみなければならなかった。その頃から追い立てられるような気持で普照は終日《ひねもす》机に対った。

奈良の朝廷で第十次の遣唐使派遣のことが議せられたのは天平勝宝二年（天宝九年）のことであった。この前の多治比広成《たじひのひろなり》らの時から二十年目のことである。九月二十四日に藤原清河《ふじわらのきよかわ》が遣唐大使に、大伴古麿《おおとものこまろ》*が副使に任ぜられ、判官《じょう》、主典《さかん》の発表もあった。続いて十一月にこの前の遣唐船で帰国した吉備真備《きびのまきび》も一行に加わることになり、大伴古麿と並《なら》んで副使の任命をみた。

併し、藤原清河らが内裏《だいり》に於て節刀を賜《たまわ》ったのは翌々年の勝宝四年閏《うるう》三月九日のことである。この日光明皇后は大使清河に御歌を賜った。大船に真楫繁貫《まかぢしじぬ》きこの吾子《あこ》を韓国《からくに》へ遣《や》る斎《いは》へ神たち。――これに対して清河は、春日野《かすがの》に斎《いつ》く三諸《みもろ》の梅の花栄えてあり待て還《かへ》り来るまで、と詠《うた》った。

また衛門督大伴古慈斐《えもんのかみおおとものこじひ》*はその一族である副使の大伴古麿のためその家で壮行《そうこう》の宴《えん》を張った。韓国《からくに》に行き足《たら》はして帰り来《こ》む大夫建男《ますらたけを》に御酒《みき》たてまつる。――万葉集所載《しょさい》のこの歌は、この時の宴席で多治比真人鷹主《たじひのまひとたかぬし》*が古麿に贈《おく》ったものである。

春の終りに難波津《なにわづ》を発した四船五百余人が無事に寧波《ニンポー》付近に上陸したのは七月であ

った。そして一行は秋の終りに都長安にはいった。

普照《ふしよう》は一行の入京のことが公けにされるとすぐ鴻臚寺《こうろじ》（迎賓館《げいひんかん》）に久しぶりで故国の匂いをいっぱい身に着けた人々を訪ねて行った。普照はそこで清河にも、古麿にも、真備にも会った。

見るからに名門の出であることを思わせる端麗《たんれい》な容貌《ようぼう》と、閑雅《かんが》な挙措《きよそ》動作を持っている大使清河は、普照に長い滞唐《たいとう》中の生活について訊《たず》ねた。普照は鑒真《がんじん》と労苦を共にしたこの国での何年かに亘《わた》る流離《りゆうり》の生活をかいつまんで語ったが、その話はさして自分と同年配と思われる故国の高官を感動させることはできなかった。

感動しないという点では副使の吉備真備も同じであった。普照は二十年前に洛陽の四方館の一室で、当時留学生であった帰国前の真備に会っていたが、真備の方は普照を全く記憶《きおく》していなかった。四方館では普照は真備から唐人に近い鷹揚《おうよう》な印象を得ていたが、いまは全くそうしたものは感じられなかった。どこかに傲岸《ごうがん》なところのある自尊心の強そうな気難しい老人でしかなかった。真備は故国で異数の出世をして右衛《うえ》士督《じのかみ》となり、年齢《ねんれい》はいまや六十歳に近かった。真備は普照に留学僧たちの勉学方法とその専攻《せんこう》について一つ二つ質問した。普照は故国の高名な指導者を満足させるような答えはできなかった。栄叡は流浪生活の間に物故していたし、戒融《かいゆう》とは天竺《てんじく》へ行くという彼と広州で別れたまま、その後の消息について全く知っていなかった。玄朗《げんろう》についても同じであった。曾て唐土で秀才留学生として名を挙げた真備の場合と較《くら》べると大変な違いであった。

普照は、真備の眼にあらわではないが、嘲笑《ちょうしょう》の光の差すのを見た。真備は鑒真については当然その盛名《せいめい》を知っている筈《はず》であったが、普照が多年に亘る鑒真の労苦を語っても、そのために眉《まゆ》一つ動かさなかった。

「渡《わた》れるように準備してかかれば、自然に船は海を渡るだろう。月、星、風、波、あらゆるものの力を、船が日本へ向うように働かせなければならぬ。若《も》し反対の働き方をさせていれば、いつまで経《た》っても、船は日本へは近寄らぬだろう」

そんなことを真備は気難しい口調で言った。まるで遭難《そうなん》そのものを非難しているような口ぶりで、唐土で経史を研究し、陰陽暦算《いんようれきさん》を究《きわ》めたという人物のいかにも口から出しそうな言葉であった。

大伴古麿だけは黙《だま》って普照のいうことに耳を傾けていたが、誰《だれ》へともなく、

「それほどまでに日本へ渡りたいのなら、その鑒真とやらを一緒《いっしょ》に連れ帰っては如何《いかが》であろうか」

と言った。古麿は鑒真がいかなる人物であるか、また伝戒の意味がいかなるものか

知っていないようであったが、併し、普照の言葉に多少でも心を動かしたのはこの人物だけであった。

普照はその日鴻臚寺を辞すと、久しぶりで長安の街衢《がいく》を歩いたが、その時、一人の商人の口から宰相李林甫《さいしょうりりんぽ》が薨《こう》じたことを聞いた。さすがに感慨無量であった。普照は林甫には最初の渡航計画の時世話になって以来、一度も顔を合わせていなかった。林甫に会ったのはずいぶん遠い昔のことのような気がした。

普照はそれから翌天宝十二年の春まで崇福寺の一室から出ることなく、机にばかり対《むか》って過した。その間に時々こんどの遣唐使船で入唐して来た若い留学僧たちの訪問を受けた。普照は、曾て自分が入唐早々景雲や業行《ぎょうこう》を訪ねて行った時のことを思い出し、現在の自分も亦《また》、若い僧たちの眼には、あの時の景雲や業行と同じように、無気力で貧しい人物として映っているのであろうかと思った。

それらの若い日本の僧たちの口から、普照はいろいろのことを聞いた。清河らが拝朝した時、玄宗が、有義礼儀《れいぎ》君子の国より使臣来るといって讃嘆《さんたん》したということや、仲麻呂が玄宗の命に依《よ》って使節の一行を儒教《じゅきょう》、道教、仏教の経典を安置してある三教殿を初め、東西両街を埋《う》める一百十坊中の主な寺々に案内したということや、それからまた唐朝の新年の賀筵《がえん》には、清河、古麿、真備らが出席したが、その席次を新羅《しらぎ》の使臣と争い、古麿は譲《ゆず》らず、結局諸外国の使臣の中では最上位の椅子《いす》を占《し》めることができたという話など。

併し、こうした日本の使節の一行の、長安に於ける派手な動静より、普照には、二カ月前に薨じた李林甫の官爵《かんしゃく》が剝奪《はくだつ》されたという事件の方が強く応《こた》えた。これは林甫が玄宗に叛意《はんい》を持っていたということが、その没後《ぼつご》判《わか》ったために採られた措置《そち》であったが、そこにはどこかに政争の臭《にお》いのする暗い不健康なものが感じられた。そしてその余波は林甫の一族すべての者にまで及《およ》んだ。普照は、栄叡が二十年前に大唐の政治と文化の中に、微《かす》かに亡《ほろ》びに通ずるものを予感するという意味のことを言ったことがあったのを思い出した。普照自身いまそれを感じていた。

三月になると、早くも遣唐使たちの帰国のことが噂《うわさ》に上り始めた。それによると、秋の初めには一行は長安の都を発して乗船地へ向うということであった。そして、こんどは阿倍仲麻呂も長い唐土の生活を打ち切って、遣唐使節の一行と共に故国へ帰るという噂が専《もっぱ》らだった。

こうした噂を耳にし始めると、普照は一日も早く長安を発《た》たなければならぬと思った。洛陽の大福先寺にいる業行にも会って彼に帰国の準備もさせなければならなかったし、自分は自分で阿育王寺に帰り、そこを引き揚《あ》げる手筈も調えなければならなかった。幸い、普照はこれまでに予定した経典の大部分を写し終えていた。

普照は長安を発つ二日前に、大伴古麿を訪ねて、改めて鑑真を日本へ招くということの意義を説明した。鑑真の渡日ということは、それに依って、初めて日本に真の戒律が伝わることであり、その戒律が伝わるということに依って、仏教は東流後百八十年、初めて完全な形を具《そな》えることになる。普照の話を古麿は黙って聞いていたが、やがて普照に、鑑真と共に招聘《しょうへい》すべき唐僧たちの名を提出するように言った。

普照は鑑真以外に五人の唐僧の名を挙げた。現在台州開元寺に止住していると聞いている思託《したく》を初めとして、揚州白塔寺の法進《ほっしん》、泉州超功寺の曇静《どんじょう》、揚州興雲寺の義静《ぎじょう》、衢州霊耀寺《くしゅうれいようじ》の法載《ほっさい》、いずれも普照の尊敬する持戒堅固《けんご》な律僧たちであった。思託、法載、曇静らは第一回の渡航計画以来、常に鑑真と共に流浪の生活に何年かを過した僧たちであった。古麿は玄宗に奏上して堂々と正面から鑑真らを招ずる手段を講ずるつもりらしかった。

普照は古麿が玄宗帝へ奏上するのを待たないで長安を発った。鑑真たちのことは遣唐使たちに任せておけばいいと思った。鑑真に今もなお渡日の意志があれば日本使節の招きに応ずるであろうし、若しその意志を拋棄《ほうき》しているならば、それを拒絶《きょぜつ》するであろう。

普照が長安を発ったのは四月の終りであった。普照は再び見ることがないと思われる九街十二衢《く》を最後に眼に収めるために、城を出ると北方の丘《おか》に上り、新緑に包まれた町々を眺め、そこを降りると、そのまま長安を後にした。

洛陽へ着くと、普照は大福先寺へ業行を訪ね、この二年間に自分が写した経典のことを業行に伝えた。そして遣唐使船の帰国は恐《おそ》らく今年中に実現するであろうから、すぐそれに乗船する準備を始めるように勧めた。業行は自分の喪《うしな》った経典が自分の許《もと》へ返る運びになったことで別人のように穏《おだ》やかになっていた。今まで普照に対して持っていた怒りをすっかり解き、己《おの》が老いさき短い身と夥《おびただ》しい経典の山を、素直に普照の指図に任せるといった態度を示した。

普照は方々に散らばっている経典を揚州の禅智寺へ集めるように言いおいて、業行と別れると、洛陽を発ち、すぐ自分は鄮山《ぼうざん》の阿育王寺へ引き返し、そしてそこで帰国の日を待った。遣唐船の出帆《しゅっぱん》の日の決定次第《しだい》、連絡があることになっていた。

普照には阿育王寺の生活が、長い唐土の生活の中で一番ぴったりと気持に合ったものであった。殊《こと》に帰国することが決定し、乗船の日の来るのを待つ間のこの地の明け暮《く》れは身心共に満ち足りたのびやかなものであった。五十歳《さい》にすぐ手が届こうとしている普照には、長安よりも、洛陽よりも、揚州よりも、刺戟《しげき》の少い静かな鄮山の地の方が好ましかった。由緒《ゆいしょ》ある、併し、現在は寂《さ》びれている小さい寺も好きだったし、そこの廃園《はいえん》に降る陽《ひ》の光も、そこの竹林を揺《ゆる》がす風の音も好きだった。

そうしているある日、普照は一人の訪問者を庭先に見出《みいだ》した。普照はすぐには相手が誰であるか判らなかった。短い時間を置いてから、

「玄朗じゃないか」

と、普照は低い声で言った。玄朗は唐衣を着て、全くの唐人になりきっていた。玄朗はいまにも泣き出しそうな複雑な表情を取ると、本当に心からそう思っているように会いたかったと口に出して言った。お互《たが》いに久闊《きゅうかつ》を叙《じょ》してから、

「お願いがあってやって来た」

と玄朗は自分が訪ねて来た用件について語り出そうとした。若い頃《ころ》の眼《め》鼻《はな》立ちの整った玄朗の面影《おもかげ》はなかった。服装《ふくそう》も僧衣ではなく、頭髪《とうはつ》も伸《の》ばしており、さほど貧しげではなかったが、どことなく孤《こ》独《どく》な影を身につけていた。

普照は部屋のなかに玄朗を招じ入れた。すると玄朗は連れがあるが呼び入れていいかと訊《き》いた。普照が頷《うなず》くと、玄朗は再び庭へ降りて暫《しばら》く姿を消していたが、やがて中年の平凡《へいぼん》な顔立ちの、併しおとなしそうな女と十歳前後の二人の女児を連れてやって来た。玄朗の妻と子供であった。女は言葉少なに普照に挨拶《あいさつ》すると部屋へは上がらな

いで、子供が庭で遊びたがるからと言って、再び庭の方へ出て行った。

玄朗が訪ねて来た用件は、妻子を同伴《どうはん》して日本へ帰りたいが、何かいい方便はないものかということであった。

「自分は留学僧として唐土を踏んだが、二十年間に何一つ身に着けなかった。入唐当初何年か学んだものも、いまはすっかり忘れてしまった。僅《わず》かに持っているものは皮膚《ひふ》の色も顔立ちも異《こと》なっている妻と二人の子供だけである。金でもあれば日本への将来品の一つや二つは購《あがな》えるかも知れないが、金も持っていない。併し、どうしても故国へは帰りたい。自分の生れ育った国を、妻と二人の子供にも見せてやりたい」

そんなことを玄朗は暗い表情で語った。普照も返す言葉はなかった。たとえ留学生活中身を持ち崩《くず》していても、身一つであれば、帰国してから何とでも言訳は立ったが、妻子同伴での帰国となると、玄朗の立場は厄介《やっかい》なものであった。たとえ帰国を許されても、帰国後の世間の批判の眼は相当厳《きび》しいものと見なければならなかった。

「乗船の許可が貰えるかどうか判らないが、ともかく私から話してみよう」

普照は言った。併し、話してやるにしても、それは使節の一行が乗船地へ来てからのことであった。普照は、いつでも乗船できるように、揚州に妻子と一緒に待機しているように玄朗に言い、そして連絡先として禅智寺の名を挙げておいた。

玄朗はこのことを普照に依頼《いらい》するために遠路わざわざ鄮山までやって来たのであったが、話が終ると、すぐ席を立とうとした。普照は何年かぶりで昔の友達と食事でもしてゆっくり話したかったが、玄朗の方は落ち着けないらしく、旅宿を取ってあるからと言って、

「やっぱり今日は失礼しよう」

そんな言葉を残して、あわただしく辞去して行った。

玄朗が去ってから、普照は縁先に坐《すわ》ったまま長いことぼんやりしていた。玄朗の生き方は、留学僧としての立場からみると、勿論《もちろん》いろいろ批判すべきものを持っていたが、併し一個の人間としてみると、少しも難ずべき点はないようであった。自分も栄叡も、鑒真を日本へ招ずるという仕事に自分たちの総《すべ》てを打ち込《こ》んで長い唐土での生活を過していたが、若《も》しこの仕事がなかったら、自分たちも玄朗のような立場になりかねなかったと思った。その差は紙一重であった。

それに玄朗は異国の女と関係を持ったが、その関係を大切にしていた。妻や子供を棄《す》てて、自分だけ故国へ逃げ帰るというわけではなかった。妻や子供を自分の故国の自然や人情の中へ置こうとしているのではないか。普照は、玄朗のためにも、連絡のあり次第すぐこの地を離れなければなるまいと思った。

日本の遣唐使節が、玄宗に鑒真及び五人の僧の招聘を上奏したのは、一行が長安の都を発つ日取りが決まってからであった。玄宗は鑒真の渡日《とにち》には反対しなかったが、鑒真らと共に道士も一緒に連れて行くようにと言った。道士を日本へ連れて行くということは、使節たちにとって困る問題であった。玄宗は老子を尊び、道教を好んでいたが、仏教以外のものは日本では行われていなかった。

使節の一行は仕方がないので、自分たちの希望を引込め、玄宗の機嫌《きげん》を損じないために、反対に一行中から春桃源ら四人を選んで、彼らを唐土に留《とど》めて、道士の法を学ばせることにした。そして鑒真招聘の問題は、それはそれとして、別個にこれを処理することにした。即《すなわ》ち、清河らの一行は夏の終りに長安を発ち、乗船地を目指したが、その途中《とちゅう》清河、古麿、真備、それに一行と一緒に帰国することになった阿倍仲麻呂を加えて、四人で揚州延光寺に鑒真を訪ねた。一行はこれまでの経緯《けいい》を鑒真に話し、古麿が、

「願わくは大和上自ら方便を作《な》して戴《いただ》きたい」

そのような言葉で言った。表向きの許可は下りないが、鑒真に渡航の意志があるならば、行装具足した大船四隻《せき》の用意があるからそれを利用して貰いたいという意味で

あった。すると鑒真《がんじん》は静かに頷《うなず》いて、自分はこれまでに五回海を渡って日本へ向ったが、いつも失敗した、こんどこそ日本国の船で本願を果したいものだと答えた。

併し、日本使節の一行が四人も鑒真を訪ねたことは穏便《おんびん》ではなかったらしく、揚州の街には鑒真が再び日本へ渡ろうとしているという噂が弘《ひろ》まった。そしてそのために、鑒真が渡航準備のためにはいった竜興寺に対する役人の警戒《けいかい》は急に厳しくなった。

普照《ふしよう》が鄮山の阿育王寺を離《はな》れて、揚州へはいったのは十月二日であった。普照はすぐ業行と打ち合わせてあった禅智寺を訪ねた。業行は夥しい経巻の山を十幾《いく》つかの箱《はこ》に収め、いつでも運び出せるようにしてあった。玄朗からの連絡はまだなかった。

普照は禅智寺へはいった翌日、遣唐使一行の泊《とま》っている宿舎を訪ね、そこで大伴古麿と会い、玄朗のことを話した。玄朗の件は普照が案じていた程《ほど》のことはなく、簡単に帰国の手続きを取ることができた。

普照はこの時初めて古麿から鑒真が依然として渡日の意志を持っており、近く機を見て竜興寺を脱《ぬ》け出して発航地黄泗浦《こうしほ》に行き、遣唐船に乗り込む手筈になっているという話を聞いた。普照は一刻も早く和上に会い、何か師のために役に立ちたかったが、竜興寺の監視《かんし》も厳しい様子であったし、自分の訪問が大事決行の妨《さまた》げになってはという気持もあって、竜興寺に近寄ることを固く自分に禁じた。

乗船の日は、一日一日近寄って来たが、禅智寺には玄朗から何の連絡もなかった。玄朗親子四人の帰国の手続きは既《すで》に済んでいて、あとはただ彼らが現れるのを待つばかりであったが、肝腎《かんじん》の四人の乗船者が姿を見せなかった。帰国の許可が下りないことを予想してか、あるいはこの期《ご》になって気遅《きおく》れでもして、姿を見せにくくなっているのではないかと思われた。普照は気が気ではなかった。四艘《そう》の遣唐船が黄泗浦を発航するのは十一月の半ばと予定されていた。どんなに遅くても乗船者は十月中には黄泗浦に行っていなければならなかった。

遣唐使の一行は三班に別れて黄泗浦に向った。第一班が揚州を発したのは十月十三日、それから二日置いて第二班が、さらに二日置いて第三班が出発した。業行は厖大《ぼうだい》な経巻類とともに第二班の船に乗った。

普照はぎりぎりまで玄朗を待って第三班の船で揚州を離れるつもりであったが、乗船の日、やはり同じ船に乗ることになっていた古麿から、鑒真らが十九日の夜に揚州を発つ手配が調《ととの》ったということを聞いて、予定を変えて、自分も鑒真らと一緒に発つことにした。僅か二、三日のことではあったが、玄朗のためにぎりぎりまで揚州に留まっていてやることにしたのである。

古麿の話では、鑒真の弟子である婺州《ぶしゅう》（現在の浙江省《せっこうしょう》金華県）の仁幹《じんかん》という僧侶《そうりょ》が、鑒真の渡日のことを聞いて、当夜ひそかに江頭に船を廻《まわ》し、それで鑒真の一行を黄泗浦に運ぶことになっているということであった。

普照は十九日夕刻まで禅智寺にいたが、ついに玄朗からの連絡はなかった。仕方がないので玄朗のことは諦《あきら》めて、普照は単身揚州を出て江頭に向った。仁幹禅師の船はすぐ判ったが、普照の到着《とうちゃく》した時は、まだ鑒真ら一行の姿は見えなかった。普照は船に乗って不安の中に一刻を過した。河岸の暗闇《くらやみ》の中を何人かの人々が近づいて来る気配がして、普照は船を出て堤《つつみ》の上に立った。やって来たのは鑒真らではなく、二十四人の沙弥《しゃみ》であった。彼らは口々に和上は海を東へ向おうとしている、もはやここでお別れすれば再びお目にかかることは望めない、どうか最後に、結縁《けちえん》に与《あずか》りたいものであると言った。

沙弥たちが来て更《さら》に半刻《はんとき》ほどして、こんどは鑒真らの一行がやって来た。普照は堤の上に出て、暗闇の中で自分の名を言った。すると、すぐ闇の中から「照」と和上の声が応じて来た。

普照はその声の方に近寄って行って、師の手を執《と》った。曾《かつ》て、天宝九年の夏六月、韶州《しょうしゅう》の開元寺の一室で別れる時そうしたように、普照は鑒真の骨太《ほねぶと》の、併し皺《しわ》だらけの手が自分の頬《ほお》に、肩に、胸に触《ふ》れるのを感じた。普照は感動のあまり一語をも口から発することはできなかった。

鑑真は河岸で自分を待っていた二十四人の人々のために具足戒を授《さず》けた。そしてそれが終り、一行が船に乗ると、直ちに船はゆるやかに大江を下り始めた。

普照は感慨《かんがい》無量であった。鑑真と一緒に日本へ向うために大江を下るのはこれで三回目であった。第一回目の天宝二年十二月の船出は月明の夜であったが、二回目天宝七年六月の時はこんどと同じような漆黒《しっこく》の闇夜であった。最初の時からは十年、二回目の時からは五年の歳月が経っていた。

普照は船に乗ってから自分が大伴古麿にその名を挙げておいた思託、法進《ほっしん》、曇静《どんじょう》、義静《ぎじょう》、法載《ほっさい》の五人が鑑真に随《したが》っており、そのほかに、竇州《とうしゅう》開元寺の法成ら九人の僧侶、十人の同行者があることを知った。その同行者の中には胡国《ここく》人、崑崙《こんろん》人、瞻波《チャンパ》国人*もはいっていた。荷物は殆《ほとん》どなかった。鑑真は厖大な将来品を用意したが、何回かに亘《わた》って、それらは既に発航地に送り出してあるということであった。

普照は鑑真の顔は勿論のこと、思託の顔も見たかったし、法載や曇静の顔も見たかった。併し、夜が明けるまではその声を聞くだけで満足しなければならなかった。

暁方《あけがた》、普照は眠《ねむ》りから覚《さ》め、初めて盲《めし》いた師鑑真の顔を見た。鑑真は眠っているのかいないのか、船縁《ふなべり》に背をもたせるようにして、少し顔を仰向《あおむ》けて坐《すわ》っていた。普照は三年の歳月が和上の顔を老いたものにしているとばかり思い込んでいたが、鑒真は寧《むし》ろ若々しい顔になっていた。両眼は明を失していたが、そこには少しも暗いじめじめしたものはなかった。かつての鑒真の持っていた烈《はげ》しい古武士的なものはもう少し落ち着いた形のものになり、六十六歳の鑒真の顔は静かな明るいものになっていた。

鑒真は突然《とつぜん》、そこから三間ほど離れていた普照の方へ顔を向けた。正面から見ると、穏やかではあったが、やはり鑒真独特の意志的な顔であった。

「照よ、よく眠れたか」

鑒真は言った。

「ただいま眼を覚ましました。お判りになりましたか」

普照が驚《おどろ》いて言うと、

「盲いているので判るはずはない。先刻から何回か無駄《むだ》に声をかけていたのだ」

そう言って鑒真は笑った。普照は笑わなかった。早暁《そうぎょう》の冷たい江上の風に顔を向けたまま、普照は涙《なみだ》を頬《ほお》に伝わるに任せた。一声の嗚咽《おえつ》をももらさなかったが、

「照は泣いているのか」

と、鑒真は訊いた。

「泣いてはおりませぬ」

普照は答えた。他の僧侶たちも間もなく眼を覚ました。思託は曾ての青年僧の俤《おもかげ》は全く消え、体軀《たいく》も堂々として落着きができ、もはやどこから見ても鑒真門の高僧の一人といった貫禄《かんろく》を具《そな》えていた。法載、曇静も放浪時代とは違《ちが》って見違えるほどの健康体になっていた。普照にはこうした唐僧たちを見るにつけても、一緒に何年も流離《りゅうり》の生活を送った栄叡と祥彦の姿がここにないことが今更のように淋《さび》しく思われた。

黄泗浦《こうしほ》に着くと、一行はすぐ将来品の詰《つ》まっている箱を、第二船と第三船に積み込む仕事に携《たずさ》わった。

将来する仏像は主なものだけでも阿弥陀《あみだ》如来《にょらい》像、彫白栴檀《ちょうびゃくせんだん》の千手像《せんじゅぞう》、繍《しゅう》の千手像、救世《くせ》観音像、薬師像、弥陀像、弥勒菩薩《みろくぼさつ》像等があった。

経巻類に至っては、その数は厖大《ぼうだい》なものであった。大方広仏華厳経《たいほうこうぶつけごんきょう》八十巻、大仏名経十六巻、金字の大品《だいぼん》経一部、金字大集経一部、南本涅槃《ねはん》経一部四十巻、四分律一部六十巻、法礪師《ほうれいし》の四分の疏《しょ》五本各十巻、光統律師の四分の疏百二十紙、鏡中記二本、智首師《ちしゅし》の菩薩戒の疏五巻、霊渓釈師《れいけいしゃくし》の菩薩戒の疏二巻、天台の止観法門、玄義文句《げんぎもんく》各十巻、四教義十二巻、次第禅門《しだいぜんもん》十一巻、定賓《じょうひん》律師の飾宗義記《しょくしゅうぎき》九巻、補釈飾宗記《しょくしゅうき》一巻、戒疏二本各一巻、観音寺亮《りょう》律師の義記二本十巻、南山宣律師の含注戒本一巻及び疏、行事鈔《しょう》五本、羯磨《かつま》疏《しょ》二本、懐素《かいそ》律師の戒本疏四巻、玄奘《げんじょう》法師の西域記一本十二巻等々。

普照は思託に将来品の目録を見せて貰《もら》って、その経典の多くが自分に親しいものであることを知った。在唐二十年の前半を普照は眠る時間も惜《お》しんで、これらの経典の勉学に費したのであった。目録の最後に記されてあった玄奘法師の『西域記』は広州に於《お》いて戒融の口からその名を聞いたものであった。

このほかに将来品の目録には、如来《にょらい》の肉舎利《にくしゃり》＊三千粒《つぶ》を初めとして、各種の珍宝《ちんぽう》、仏具、図像等の名がぎっしりと記されてあった。特に「阿育王の塔様の金銅塔一区」という文字が普照の眼を惹《ひ》いた。

二十三日に、鑒真ら一行二十四人はそれぞれ四艘の船に分乗せしめられることになって、その発表があった。鑒真及び従僧十四人は大使清河の第一船に、十人の同行者は真備の第三船に、業行と普照は古麿の第二船に乗ることになった。

この発表のあった日、普照ははからずも玄朗からの便りを得た。それは揚州から黄泗浦に来た水手《かこ》に玄朗が託《たく》して寄越《よこ》して来たものであった。その手紙には、約束《やくそく》しながら禅智寺へ連絡しなかったことを詫《わ》び、帰郷の情耐《た》え難《がた》いものがあるが、何分にも虫のいい望みと思うので、自分は自分らしく唐土に果てるつもりであるといった意味のことが簡単に認《したた》められてあった。これを託された水手の話では、揚州の南西部の市場の商舗《しょうほ》の一室に玄朗は止泊《しはく》していたということであった。

普照は繰《く》り返して何回も玄朗の手紙を読んだ。そして玄朗がさしてはっきりした理由もなく、ただ自分の現在の身の上を恥《は》じて帰国を思いとどまったのであることを知ると、何とかして彼を一緒《いっしょ》に日本へ連れ帰りたいものだと思った。四船の発航は十一月の中旬を予定されており、この予定が変更されない限り、自分が再び揚州に行って、玄朗親子を連行して来る余裕は充分《じゅうぶん》ある筈《はず》であった。

普照はすぐこのことを古麿に図《はか》ってみた。古麿は、もともと、日本の留学僧が僧籍《そうせき》から足を洗おうと洗うまいと、また勉学しようとしまいと、そんなことは別段たいして問題にしていなかった。寧《むし》ろ、唐の女を妻にしているというだけで、いい加減なことを頭に詰め込んだ連中より、充分帰国の資格があるだろうと、そんな風に考えているらしかった。

こんども古麿は、玄朗が帰国を憚《はばか》っている理由がよくは飲みこめないらしく、

「愚《おろ》かな奴《やつ》だな。帰りたくないなら兎《と》も角《かく》、帰りたいのなら、行って引立ててくるがよかろう」

と言った。普照はすぐ揚州へ向った。二度と揚州の地を踏むことはないと思っていた普照は、はからずも玄朗のお蔭《かげ》でもう一度、十月末の漸《ようや》く楡《にれ》や槐樹《えんじゅ》の葉が黄ばみ始

めようとしている揚州の土を踏むことができたのであった。普照は玄朗の泊っていると聞いた市場の商舗を訪ねて行ったが、そこには玄朗の姿はなかった。玄朗とその家族たちは何日か滞在《たいざい》していたが、二日前長安へ向けて発《た》って行ったということであった。

普照はひどく落胆《らくたん》した。自分が忙《いそが》しい中をわざわざ乗船地から引き返して来たことは全く無駄になってしまったわけであった。

普照はすぐ黄泗浦へ引き返すつもりであったが、疲労《ひろう》のためか急に熱発して、揚州の旅宿で五日間病臥《びょうが》しなければならなかった。普照は寝《ね》ていても気が気でなかった。そして熱が一応取れると、すぐ、まだふらふらしている体を引きずるようにして揚州を発った。乗船地黄泗浦に着いたのは十三日のことであった。

黄泗浦に帰ってみると、第一船と第三船に乗る筈であった鑒真らの一行は全員、古麿の第二船に収容されていた。普照の留守の間に、鑒真ら一行には一つの事件が起っていた。普照が揚州に発った日、一行はすぐ船に収容されたが、幾許《いくばく》もなくして全員下船を命じられた。使節団の幹部の中から意見が出て、いま若《も》し広陵郡の役人が鑒真一行の渡日を知り、船を捜索《そうさく》して鑒真らを船中に捉《とら》えるようなことがあれば、遣唐使船であるだけに問題はうるさくなる、またこの地はうまく発航できても、漂流《ひょうりゅう》でもして、唐国のどこかに吹《ふ》き流されれば鑒真渡日のことは露顕《ろけん》する、この際和上並《なら》びに衆僧を下船せしめるに如《し》かずということになったのであった。勿論、この措置《そち》に対しては、いろいろな意見が出たが、結局大使清河が自重説を採って、鑒真らに下船を命じたのであった。

またまた思いがけない支障のため渡日を阻《はば》まれ、呆然《ぼうぜん》としてそのまま黄泗浦に留まっている一行を救ったのは古麿であった。古麿は全く独断でひそかに自分の船に鑒真ら二十四人を収容した。普照が船に戻《もど》った三日前の十一月十日の夜のことであった。

普照と業行は古麿の第二船に乗る筈であったが、第二船の人員が多くなったので、第三船の吉備真備《きびのまきび》の船に鞍替《くらが》えさせられていた。

もう一つ、普照の留守中に業行も問題を起していた。彼は自分の携行《けいこう》する経巻類を自分と同じ船に積み込まなければ承知しなかった。業行が第二船から第三船に移ることとは、同時に彼の夥《おびただ》しい経巻の箱を第二船から第三船へ積み替《か》えることであった。これは、それでなくてさえ解纜《かいらん》前の多忙《たぼう》さに追われている水手たちにとっては厄介《やっかい》な仕事であった。何人かの人間が業行に会ったが、業行は諾《き》き入れなかった。結局、業行の希望通りに事は為《な》されたが、そのために業行は多くの同船者や水手たちから憎《にく》まれていた。

普照が第三船に乗り込んでみると、業行は一人船尾《せんび》に近いところに座を占《し》めて、自分の周囲に何十個かの写経の詰まった箱を配していた。というより箱と箱とを積み重ねてある僅《わず》かの隙間《すきま》に、業行は辛《かろ》うじて自分の坐れる僅かの場所を作っているといった感じであった。

十四日の夜、普照は船を出て、第二船に行き、和上や思託に会った。お互《たが》いに異《こと》なった船で大海へ乗り出すのであるから、どのような異った運命がお互いの身の上に見舞《みま》って来るか判《わか》らなかったからである。

十五日夜半、折からの月明を利して、四船は時を同じくして発航した。大使清河の第一船に乗っていた在唐三十六年の阿倍仲麻呂が、あまのはらふりさけみればかすがなるみかさの山にいでし月かも、と歌ったのはこの夜のことであった。

故国へ向う遣唐船は、第一船、第二船、第三船、第四船の順で黄泗浦の岸を離れたが、江上に出て半刻ほどすると第一船の前を一羽の雉《きじ》が翔《と》ぶのが見えた。雉は檣《ほばしら》の高さのあたりを、黒い物体でも投げられたような、そんな直線的な飛翔《ひしょう》の仕方で空間を横切った。真昼のように照り輝《かがや》いている江上で、その小さい物体だけが黒く見えた。雉の姿を見た者は第一船に乗っていた極《ご》く僅かの者たちであったが、船頭はそれから不吉なものを感じた。すぐあとに続く第二船に燈火《とうか》で信号が送られ、四船ともその場に碇《いかり》を降ろして、江上に一夜を明かすことになった。

四船は再び十六日の朝発した。幸い風波はなく江上は静かであったが、一刻ほどするとすぐ船列は乱れ、第一船と第二船は順序を変えたが、そのまま黄濁《おうだく》した流れの上を四船は江口へと向った。

普照と業行の乗っていた副使真備の第三船が無事阿古奈波《あこなは》（沖縄）島に到着したのは、黄泗浦を発してから六日目の二十日の夜半であった。三日目までは遥《はる》か前方に第一船、第二船の船影を見、遥か後方に第四船の続くのを見ていたが、四日目の朝から僚船《りょうせん》とは離れてしまって、第三船は全くの単独の航海であった。

第三船が阿古奈波に着いた翌日の暮方《くれがた》、まる一日後《おく》れて、大使清河の第一船と副使古麿の第二船が相前後して島の港にはいって来た。

翌日、三船の乗員たちはそれぞれ船より降りて島に上り、互いに身の幸運を悦《よろこ》び合ったり、第四船の消息を気遣《きづか》ったりした。

その翌日から海上は荒《あ》れ出した。港の断崖《だんがい》へ大きな波が押《お》し寄せては、それが白く砕《くだ》け、日に何回か名も知らぬ鳥の大群が荒れている海の上を過ぎた。三船とも風波が全く収まるまで発航を見合わせて、この島に留まることになった。

毎日のように乗船者たちは島に上がった。海上は荒れていたが、空は紺碧《こんぺき》に澄《す》み渡《わた》り、島の白い土と島を覆《おお》っている檳榔樹《びんろうじゅ》の林の上に照る陽光は、この季節とは思われぬ明るさと耀《かがや》きを持っていた。普照《ふしょう》は思託《したく》と連れ立って島を歩いた。かなり遠隔の地まで出かけて行った。思託は昔と同じように、この島の風物を仔細《しさい》に記録していた。

十二月にはいると間もなく乗員の一部に乗る船の変更が行われた。それは古麿の船に鑒真《がんじん》の一行が定員外に乗っていたので、危険を避《さ》けるために、それを他の二船に分乗せしめることになったのである。鑒真、思託ら七名は今まで通り第二船に留まり、一行の他の者はそれぞれ、第一船と第三船に分けられた。

これと同時に、唐語を解する者が三船に配分されることになり、業行《ぎょうこう》は第二船に、普照は第一船に乗り替えることになった。併《しか》し、この割当てに対して業行は不服であった。業行は清河の第一船へなら移るが、第二船へ移ることは嫌だと言い出した。普照がその理由を訊《たず》ねてみると、第一船は大使の船ではあり、船体も大きく、水手も渡海の経験を持った者が多く配されている、どうせ移るのなら、第一船に移りたい、これが業行の言い分であった。

普照はその業行の希望を古麿に話し、自分と業行の船を取り替えることを頼《たの》んだ。普照にとっては、むしろ第一船に乗るより、第二船に乗って、鑒真の傍《そば》で故国への最後の航海の何日かを過すことの方が有難かったし、鑒真と一緒に日本の土を踏む悦《よろこ》びも共にしたかった。

併し、この船を替える場合も、黄泗浦の時と同じように業行はまた一悶着《ひともんちゃく》を起した。彼は自分の携行する経巻を自分と一緒に第三船から第一船へ移さなければ承知しなかった。普照はこの場合もまた古麿に頼んで業行の希望を容《い》れて貰った。他の者とは違って、普照にはこの業行の経巻へ執着《しゅうじゃく》する気持がよく判っていた。

風波が全く静まったのは十二月三日であった。あとは順風を待つばかりであった。五日の夕方、普照は船を降りて、第一船に業行を訪ねた。業行は第三船の時と同じように、第一船に於ても船尾に近いところに座を占めて、堆《うずたか》く積み上げた経巻の間に、老いた体を埋《うず》めていた。

普照は業行を誘《さそ》って島の台地へ上がった。普照としては、いつ船が発するか判らないので、一応業行と会っておこうと思ったのであった。業行はこの日は、いつもの彼とは違って素直であった。台地へ上がると、ここへ上がったのはいまが初めてだというようなことを言った。十日以上もこの港に碇泊《ていはく》しているのに、今までに一度もこの台地へ上がらなかったということは普照には殆《ほとん》ど信じられぬことであったが、併し、業行ならそういうことがあるかも知れないと思った。台地の上で暮方の海を見降ろしている業行の姿は気の毒なほど老いさらばえて見えた。広い明るい風景の中に置いてみると、業行の唐土に於ける労苦は容赦《ようしゃ》なくむき出しにされ、洗い出されている感じで、唐人でも日本人でもない、一人の背の曲った貧弱《ひんじゃく》な老人がそこには立って潮風に吹かれていた。

業行は海の方へ顔を向けたままで、例の低いぼそぼそした口調で言った。

「貴方《あなた》はどう思っているか知らないが、私が大使の船を希望したのは、自分の生命が惜《お》しいためではない。私が何十年かかけて写した経典に若《も》しものことがあったら取返しがつかないと思ったからです。あれだけは日本へ持って行かなければならない。律僧の二人や三人はかけ替えはあるが、あの写経には替るものはない。そうじゃないですか」

業行はそんなことをくどくどと長く喋《しゃべ》った。何十年も喋らなかったので、その替りにいま喋っているといった風に、あとからあとから低い言葉を口から出した。たれも自分の仕事の価値を認めてくれないので、いま天に向って、それを主張しているといったようなところがあった。

律僧の二人や三人と言ったのは、恐《おそ》らく遣唐使の一行が自分に対するとは違って、鑒真らを手厚く遇《ぐう》していることに腹を立てているのであろうと思われた。

併し、普照にも、鑒真の渡日《とにち》と、業行が一字一句もゆるがせにせず写したあの厖大な経典の山と、果して故国にとってどちらが価値のあるものであるかは、正確には判断がつかなかった。一つは一人の人間の生涯《しょうがい》から全く人間らしい生活を取り上げることに依《よ》って生み出されたものであり、一つは二人の人間の死と何人かの人間の多年に亘る流離の生活の果てに初めて齎《もたら》されたものであった。それだけが判っていた。

普照はふと、この老僧は日本へ帰って何をするのであろうかと思った。僧侶《そうりょ》としての何の特殊《とくしゅ》な資格も持っていなければ、一つの経典に対する特殊な知識も、恐らく持っていないであろうと思われた。帰国の上に約束されているものは何もなかった。すると、そうしたことを考えていた普照の心の内部を恰《あたか》も見抜《みぬ》きでもしたかの如《ごと》く、

「私の写したあの経典は日本の土を踏むと、自分で歩き出しますよ。私を棄《す》ててどんどん方々へ歩いて行きますよ。多勢の僧侶があれを読み、あれを写し、あれを学ぶ。仏陀《ぶつだ》の心が、仏陀の教えが正しく弘《ひろ》まって行く。仏殿《ぶつでん》は建てられ、あらゆる行事は盛《さか》んになる。寺々の荘厳《しょうごん》は様式を変え、供物《くもつ》の置き方一つも違って来る」

それから業行は憑《つ》かれたように、

「阿弥陀仏の前、内陣には二十五菩薩*を象《かたど》って二十五個の花が撒《ま》かれる。日本では、菊《きく》か、椿《つばき》の花が。そして五如来*を象って五葉の幡《はん》が吊《つ》り下げられる。そして――」

業行の声は次第《しだい》に低く呟《つぶや》くような調子に変って行った。普照は聞き耳を立てたが、僅かに「伎楽《ぎがく》」「舎利」、そして「香水《こうずい》」といった言葉が聞き取れたぐらいで、そのあとは何を言っているか全く判らなかった。不思議な、彼自身しか理解できない陶酔《とうすい》がいま故国へ帰ろうとしている老留学僧を捉《とら》えているようであった。

陽《ひ》がかげると潮風が寒かった。普照は業行を誘って台地を降り、彼が乗る第一船の前で業行と別れた。別れる時、普照は波止場《はとば》から船縁へかけられた板の橋を渡って行く業行の姿が全く船内に匿《かく》れるまで見送っていた。

普照の乗る第二船は第一船から半丁程《ほど》先の岸に碇泊していた。普照は業行と別れてそこへ行く途中、自分が業行を連れ出しておきながら、結局は何も話さなかったことを思い出し、もう一度烈しく業行に会いたい気持が衝《つ》き上げて来るのを感じた。普照は自分が業行に対してそうした気持になったことが不思議だったが、そのまま自分の船の方へ歩いて行った。

その翌朝南風起って、三船は直ちに、半月碇泊した阿古奈波島を発した。が、発航して間もなく、先頭を進んでいた清河の第一船は坐礁《ざしょう》して動かなくなってしまった。第一船が暗礁から離れるのにどのくらいの時間を要するかたれにも判らなかった。二艘《そう》の船は、第一船から合図があって、第二船、第三船は構わず出航することにした。

船の傍を通り抜けて沖《おき》へ向った。第一船では乗員悉《ことごと》くが船から降りて浅瀬《あさせ》に立ち、そのうちの何十人かが離礁作業に従事しているのが見えた。浅瀬の上に立っている人々の中に業行もいる筈であったが、普照の眼《め》はそれを捉えることはできなかった。

翌七日、普照の乗っている第二船は益救《やく》島に到着《とうちゃく》、ここでまた順風を待つこと十日、十八日に益救を発した。翌十九日は終日暴風雨に見舞われ、一同は生きた気持もなかった。午後浪《なみ》の上に山頂を見た。薩摩《さつま》の国の南部の山であろうという水手の言葉で、乗員全部が僅かながら生色を取り戻した。波浪《はろう》はその日から翌二十日朝へかけてもおさまらなかったが、鑒真も思託も普照も船が難破するとは思わなかった。もっと烈《はげ》しい波浪に弄《もてあそ》ばれて何十日も漂蕩《ひょうとう》した経験を持っていた。

二十日の暁方《あけがた》、普照は夢《ゆめ》とも現実ともなく、業行の叫《さけ》びを耳にして眼覚《めざ》めた。それは業行の叫びであるという なんの証《あか》しもなかったが、いささかの疑いもなく、普照には業行の叫びとして聞えた。波浪は高く船は相変らず木の葉のように揺《ゆ》れていた。船は波濤《はとう》の頂きに持って行かれては、波濤の谷へ落されていたが、船が谷に落ち込む度《たび》に、普照の眼には不思議に青く澄んだ海面が覗《のぞ》かれた。潮は青く透《す》き徹《とお》っており、碧《みどり》色《いろ》の長い藻《も》が何条も海底に揺れ動いているのが見えた。そしてその潮の中を何十巻かの経巻が次々に沈《しず》んで行くのを普照は見た。巻物は一巻ずつ、あとからあとから身震《みぶる》いでもするような感じで潮の中を落下して行き、碧の藻のゆらめいている海底へと消えて行った。その短い間隔《かんかく》を置いて一巻一巻海底へと沈んで行く行き方には、いつ果てるともなき無限の印象と、もう決して取り返すことのできないある確実な喪失感《そうしつ》があった。そしてそうした海面が普照の眼に映る度にどこからともなく業行の悲痛な絶《ぜっ》叫《きょう》が聞えた。

船は何回も波濤の山に上り波濤の谷へ落ち込《こ》んだ。普照の耳には何回も業行の叫び声が聞え、普照の眼には何回も夥しい経巻が次々に透き徹った潮の中へ転り落ちて行くのが見えた。

普照はふと我に返った。自分がいままで夢を見ていたのか、現実の世界にいたのか区別することはできなかった。何の意味をも現わさないただ悲痛さだけの感じられる業行の絶叫は、まだ彼の耳に残っていた。そして何十、何百という経巻のゆらゆらと碧の藻の間に揺れ落ちて行った有様も、そしてまたそれらの経巻を飲み込んでいる透《す》んだ潮の色も、はっきりと瞼《まぶた》に残っていた。

普照は氷のように冷えきった気持を抱《いだ》いて、改めて周囲を見廻《みまわ》した。大きい波濤の上に船はゆっくりと漂《ただよ》っていた。波浪は高かったが、もう暴風雨が過ぎ去って危険な時が過ぎてしまったあとの、あの異様な静けさがあった。暁方の白い光のもとで、海面は幻覚《げんかく》の海とはまるで違って、墨《すみ》のような黒い潮をぶつけ合っていた。

普照はまた改めて周囲を見廻した。鑒真も思託も法進も気を喪《うしな》ったように仰向《あおむ》けに倒れていた。船内どこを見廻してもたれも身を起している者はなかった。二日に亘《わた》る巨浪との闘いが彼らを正体なく眠《ねむ》らせていた。

この日の午後、第二船は薩摩国阿《あ》多郡《たのこおり》秋妻《あきめ》屋浦《やのうら》（薩摩半島西南部の漁村）へ着いた。

秋妻屋浦に上陸すると、副使古麿を初め遣唐使の一行は時を移さず直ちに大宰府《だざいふ》に向って出発した。普照は鑒真、思託、法進ら八人の唐僧と共に古麿たちに少し遅《おく》れて秋妻屋浦を出て、二十六日大宰府にはいった。

二十年ぶりで故国の土を踏んだ普照の眼には、故国の自然が小さく見えた。山も、川も、森も、平原も、そして平原に散らばる人家の聚落《しゅうらく》も、何もかもがひどく小さかった。空気は澄んで美しく、大陸のそれと較《くら》べると微《かす》かに香気を持っていた。

大伴古麿が唐土への使いを果し、筑紫《つくし》大宰府に帰朝したことが正式に奏せられたのは、正月十一日のことである。

普照は鑒真の一行と共に二月一日に難波《なにわ》に到着した。二十年前に栄叡《ようえい》と一緒にこの港を出て行ったが、いま一人で普照はここへ帰着したわけであった。難波には唐僧崇道らが出迎《でむか》えていた。一行は三日河内《かわち》の国にはいった。河内の国府にはまた大納言正二位藤原朝臣《あそん》仲麻呂が歓迎使《かんげいし》として出迎えており、前回の遣唐船で入国した道璿《どうせん》から派せられた彼の弟子の善談《ぜんだん》らの姿も見えた。それから志忠《しちゅう》、賢璟《けんよう》、霊福《りょうふく》、暁貴《ぎょうき》らの僧三十余人が一行の労を慰《い》するために出迎えていた。急に鑒真等の周囲は賑《にぎ》やかに騒《さわ》がしくなった。

翌四日、一行は河内の国府を発し、竜田を越《こ》え、大和《やまと》の平原へ降《くだ》って平群《へぐり》の駅《はゆま》に至った。そして短い休憩《きゅうけい》の後に、出迎えの人々に案内されて、一行は直ちに奈良の都を目指した。

鑒真も普照も思託も馬の背にあった。普照は馬の背に揺られながら、丘陵《きゅうりょう》の裾《すそ》の寺々を見た。法隆寺、夢殿、中宮寺、法輪寺、法起《ほっき》寺の堂塔《どうとう》が清澄《せいちょう》な空気の中で日本の静かな陽《ひ》を浴びている。奈良の都へはいるまでに寺々の甍《いらか》はあちこちの森蔭に見られた。前に建っていた寺もあれば、普照の在唐中に建てられた寺もあった。

一行は東西三十二町、南北三十六町といわれる奈良の都にはいり、羅城門《らじょうもん》の前で馬から降りた。正四位下安宿王《あそか》*が勅使《ちょくし》として出迎えていた。すぐ一行は宿舎東大寺に案内された。東大寺には夥《おびただ》しい出迎えの人が群《むら》がっていた。武人もいれば、公卿《くぎょう》も、僧侶もいた。

東大寺別当少僧都良弁《しようそうずろうべん》*の案内で一行は大仏殿に導かれ、そこで高さ十五丈《じよう》あると言われる盧舎那仏《るしやなぶつ》*を拝した。大仏は一昨四年四月に開眼供養《かいげんくよう》を行ったばかりで、まだ全面には鍍金《ときん》がかけられていず、半造りの感じであった。普照はこんどの清河たちの遣唐使の使命の一つが、この大仏に塗《ぬ》る金を得ることであると聞いたことがあったのを思い出し、なるほどと思った。

良弁は小柄《こがら》で、額の冷たい感じの無表情な僧侶であった。彼は大仏造建の由来を説明して、唐にはこのような大きな仏像があるであろうかと訊《き》いた。ありませぬ、と鑒真は静かに答えた。普照は何となく鑒真が盲《めし》いていて、この仏像を見ないことでほっとした思いであった。確かに唐にはこのような大きい仏像はなかったが、不思議に良弁のその時の言葉は普照の心にはなじまなかった。

一同は盧舎那仏に礼拝して、大仏殿を出ると、寺の客堂へはいり、再び勅使から慰労の言葉をかけられた。

翌五日、道璿《どうせん》とやはり道璿と一緒《いつしよ》に入国した婆羅門僧菩提僊那《ばらもんそうぼだいせんな》がやって来た。道璿は天平八年日本へ来てからずっと大安寺西唐院に住し、『梵網経《ぼんもうきよう》』*および『四分律行事鈔《しぶんりつぎようじしよう》』を講じて、律蔵の弘く行われる基《もと》を作っていたが、天平勝宝三年四月に隆尊と共に律師となり、東大寺の大仏開眼供養会の折には呪願師《じゅがんし》として列し、奈良の仏教界では今や押しも押されもせぬ大きい存在であった。菩提の方は、入朝後道璿と同様大安寺に住し、天平勝宝四年僧正に任ぜられ、大仏開眼供養の折は勅を受けて導師となっていた。これまた奈良仏教界では指導的立場に立つ人物であった。道璿と会うと、普照は亡《な》き栄叡や、まだ唐土にいる戒融や玄朗のことが思い出された。道璿に初めて渡日の話を切り出したのは戒融であり、正式にその交渉に当ったのは、普照と栄叡であった。道璿、菩提に少しおくれて、林邑国《りんゆう》（安南）の僧仏哲《ぶってつ》も顔を出した。仏哲も道璿らと一緒に入朝するや、これまた大安寺に住し、大仏開眼供養には僊那と共に請《しょう》ぜられて参列し、舞楽《ぶがく》を奏していた。この日は右大臣豊成、大納言仲麻呂以下の藤原氏の高官も次々と詰《つ》めかけて来た。

これから一カ月程の間、鑒真ら一行は毎日のように人にばかり会って日を送った。殊《こと》に第九次遣唐船で渡唐した留学僧の中でただ一人の帰国者である普照は人との面接に忙《いそが》しかった。

普照が唐土にあった二十年の間に日本の政界も仏教界もすっかり変っていた。普照を最も驚《おどろ》かせたのは、この前の遣唐船で帰った秀才僧玄昉《げんぼう》の持った運命の大きい転変であった。

玄昉は帰朝後直ちに頭角を現し、天平九年には早くも僧正となって仏教界に君臨し、一緒に帰朝した真備《まきび》も一年のうちに二階を越えて従五位上となり、その翌年には右衛《うえ》士督《じのかみ》となった。そして二人とも唐帰りの新智識《しんちしき》として漸《ようや》く日本の政界の大きい存在となったが、あまりにも早い出世のため、藤原氏一部の嫉視《しっし》を買い、大宰少弐《だざいしょうに》藤原広嗣《ひろつぐ》は真備、玄昉を除くために挙兵するような事件まであった。乱はすぐ平定したが、このために事件の余波を受けて哀《あわ》れを留《とど》めたのは真備、玄昉を連れ帰った遣唐副使の中《なか》臣名代《とみのなしろ》であった。彼は叛乱者《はんらんしゃ》の与党として流刑《るけい》に処せられ、十三年に配流《はいる》を赦《ゆる》されはしたが、十七年に逆境のうちに物故していた。

玄昉は帰朝後十年間は天皇の寵《ちょう》を得て権勢を誇《ほこ》ったが、十七年についに失脚《しっきゃく》して筑《つく》紫《し》の観音寺に追われ、翌十八年その地で寂《じゃく》していた。

宗教界そのものの事情もこの二十年の間にすっかり変っていた。普照《ふしょう》が渡唐する当時は、課役を免《まぬか》れる目的で百姓《ひゃくしょう》の出家が多く、これが大きい社会問題となっていたし、行基を指導者とする一派が民衆の間に根強い力を持ち始めて、そこから来る混乱が全国的に拡《ひろ》がっており、僧尼《そうに》の行儀《ぎょうぎ》も極度に堕落《だらく》し、政府は仏徒を取り締《し》まるのに手を焼いていた。いかなる法律も無力であった。だからこそ唐国から伝戒の師を招《よ》び、釈尊の至上命令で僧尼を取り締まり、僧尼を淘汰《とうた》することが、隆尊によって策せられたのであった。

併《しか》し、その後民衆の支持を得た行基は次第に実力を持って来て、政府も行基の力をかりて宗教界の混乱を整理しなければならない状態になった。かくて行基に随《したが》った浮浪の僧たちもそれぞれ度牒《どちよう》を得、天平十七年には、曾《かつ》て政府があらゆる禁圧と迫害《はくがい》を加えていた行基がついに大僧正に任じられるに至ったが、併し、その行基もまた数年前の二十一年には薨《こう》じていた。

玄昉、行基と強権を揮《ふる》う人物は相次いで物故し、ここに漸く菩提、道璿らの前回の遣唐船で日本へ来た異国の僧たちがその学才を認められて替《かわ》って登用されるに到《いた》ったのであった。

普照の渡唐前と現在では仏教界の事情は全く変っていた。栄叡と普照の入唐《にっとう》の目的である伝戒の師を求めるということには、二つの意味があったが、その一つである日本の仏教界の混乱を防ぐという謂《い》わば政治的ともいうべき意味は完全に解消し、今や授戒伝律は全く純粋《じゅんすい》な宗教的の問題だけになっていた。

普照たちの第二船に少し遅れて、副使真備の第三船は同じく薩摩《さつま》の国に漂着《ひょうちゃく》したが、大使清河の第一船と、判官布勢人主《ふせのひとぬし》の第四船の消息は全く判《わか》らなかった。

無事帰国した第二、第三船の乗員たちは顔を合わせると、いつも未《いま》だに消息のない第一船と第四船の噂《うわさ》をして、その安否を気遣《きづか》っていた。

普照は自分の乗った第二船が薩摩に漂着する日の朝、夢とも現実ともなく、自分が見た一種の幻覚ともいうべきものをたれにも語らないでいたが、毎日のようにそれが気になった。普照はあの朝、第一船に何事か大きい変事があったのではないかと思っていた。沈没《ちんぼつ》したか、あるいは沈没しないまでも、業行のあの経巻が海に沈んで行くようなことがあったのではないか。普照は自分が経験した幻覚がすぐ不吉な結論と結びつくために、それを口から出すことを避《さ》けていた。

第一、第四の二艘《そう》の船の消息のないままに、二月は過ぎ、三月にはいると、吉備真備が勅使の資格で東大寺にやって来て口ずから勅を宣した。

大和上遠ク滄波《サウハ》ヲ渉《ワタ》リ、此《コ》ノ国ニ来《キタ》リ投ス。誠《マコト》ニ朕《チン》カ意ニ副《ソ》フ。喜慰《キキ》スルコト喩《タト》フル無シ。朕此東大寺ヲ造リテ十余年ヲ経、戒壇ヲ立テ戒律ヲ伝授セムト欲《ホッ》ス。此心アリテヨリ日夜ニ忘レス。今諸《モロモロ》ノ大徳遠ク来ッテ戒ヲ伝フルコト寔《マコト》ニ朕カ心ニ契《カナ》ヘリ。今ヨリ以後授戒伝律一《ヒト》ヘニ和上ニ任《マ》カス。

またこれと前後して、臨壇の僧の名を記して差し出すようにという勅命があった。法進《ほっしん》が名を記して良弁の許《もと》に提出すると、それから間もなく、鑑真《がんじん》、法進、普照、延《えん》慶《けい》、曇静《どんじよう》、法載《ほつさい》、思託《したく》、義静《ぎじよう》らに伝燈大法師位が贈られた。

そうしているうちに、三月十七日に、大宰府から第一船についての報告が届いた。大宰府が使いを阿古奈波島へ派して調べたところ、清河らは帆《ほ》を挙げて奄美《あまみ》を指して去ったが、その後のことは不明であるというそれだけの報《しら》せであった。

四月の初めに、東大寺の盧舎那仏《るしやなぶつ》の前に戒壇を立て、聖武《しようむ》上皇は壇に登り、鑒真および普照、法進、思託らを師証として菩薩戒を受け、皇太后、孝謙《こうけん》天皇も登壇受戒、続いて沙弥《しやみ》証修《しようしゆう》ら四百四十余人も戒を受けた。

この日、この未曾有《みぞう》の盛儀《せいぎ》の行われたあと、日暮《ひぐ》れ方ではあったが、普照は思託と二人で長安の制を採って造ったといわれる奈良の街衢《がいく》を歩いた。朱雀大路《すざくおおじ》を歩いて行くと、それに沿った寺坊は、どこも桜花《おうか》が満開であった。勿論《もちろん》長安の都の賑《にぎ》わいはなかったが、それでも桜花を娯《たの》しむ男女が出盛《でさか》っていた。

人々は時々二人を振《ふ》り返った。一人の唐僧と、その唐僧と親しげに唐語を交している日本僧は、人々の眼には異様に映っているようであった。普照は日本語より唐語の方が話し易《やす》かった。併し、普照が自分自身最も日本人と違《ちが》ってしまったと思うのは、言葉以上にものの感じ方と考え方であった。普照は誰《だれ》と対《むか》い合って坐《すわ》っているよりも、鑒真の前にいる時の方が落ち着けたし、誰と話すよりも、思託や法進らと話している方が気持がぴったりした。何年かの生命を賭《か》けた大陸に於《お》ける放浪の生活が、もうどうすることもできない絆《きずな》で普照と唐僧たちとを結びつけているようであった。

この日本での最初の天子の授戒が行われてから十日程して、判官布勢人主の第四船が薩摩国石籬浦《いしがきのうら》に到着したという報がはいった。この吉報《きっぽう》に力を得て、人々はまた第一船の運命に希望を持つようになった。

五月、鑒真は唐土から持って来た如来《にょらい》の肉舎利《にくしゃり》三千粒《つぶ》を初めとして、西国の瑠璃瓶《るりへい》、菩提子三斗《と》、青蓮華《せいれんげ》二十茎、天竺《てんじく》の草履《ぞうり》二十、王羲之《おうぎし》の真蹟《しんせき》行書一帖《じょう》、王献之《おうけんし》の真蹟行書三帖、天竺朱和等の雑体書五十帖等の将来品を宮中に献じた。

そしてこの頃《ころ》から、鑒真が将来し、先に献じた新渡の経疏《けいしょ》は東大寺の写経所で写され始めた。普照はある日、写経所を覗《のぞ》いて、多勢の僧侶たちがそれぞれ机に対って写経している姿を見た。普照は長い間そこから立ち去り得ないで、その写経所の隅《すみ》に坐っていた。長安の禅定寺に於ける、揚州の禅智寺に於ける、また洛陽の大福先寺に於ける、そしてまた今は名も忘れてしまった洛陽の郊外の小さい寺に於ける、業行の前《まえ》屈《かが》みになって机に対っている姿を思い出したからである。

普照の坐っているところからは縁越《えんご》しに小さい中庭が見え、そこに椿《つばき》の木が僅《わず》かの遅咲《おそざ》きの花をつけているのが見えた。室内が暗かったので、その花はひどく赤く見えた。普照は阿古奈波島の台地の上で最後に業行に会った時、業行が憑《つ》かれたように内陣に二十五菩薩を象《かたど》って二十五の花を撒《ま》くというようなことを口走り、確か、その時椿という言葉が彼の口から漏《も》れたことを思い出すと、ふいに悲しみとも怒《いか》りともつかない感情が烈《はげ》しく五体に突《つ》き上げて来るのを感じた。普照は起《た》ち上がって、静かに写経所を出た。

大使清河の第一船の消息は長いこと日本には伝わらなかったが、その遭難《そうなん》の噂が唐の長安に伝わったのは天平勝宝六年（天宝十三年）の夏のことである。『唐詩紀事』*や『全唐詩』*の李白《りはく》の阿倍仲麻呂を弔《とむら》う詩は、この時作られたものである。日本晁卿《テウケイ》帝都《テイト》ヲ辞ス。征帆《セイハン》一片蓬壺《ホウコ》ヲ繞《メグ》ル。明月帰ラズ碧海《ヘキカイ》ニ沈ム。白雲愁色《シウショク》蒼梧《サウゴ》ニ満ツ。

併し、清河、仲麻呂はその翌天平勝宝七年六月に、十余人の生存者と共に都長安にはいって来た。船は遠く安南の驩州《かんしゅう》沿岸に漂着し、大部分の乗員が土人に襲《おそ》われたり、病没《びょうぼつ》したりしたが、清河、仲麻呂らは辛《かろ》うじて身を以《もっ》て逃《のが》れて来ることができたのであった。生存者の中に業行の姿はなかった。仲麻呂は再び唐朝に仕え、清河は新しく唐の官吏《かんり》となった。

併し、この清河、仲麻呂生存の報が日本に伝わるにはなお四年の歳月《さいげつ》がかかった。

唐には清河、仲麻呂が長安にはいった時から幾許《いくばく》もなくして、安禄山《あんろくざん》の乱が起り、玄宗皇帝は翌天平勝宝八年（天宝十五年）にはついに蜀都《しょくと》に蒙塵《もうじん》するに到った。そうした唐の大乱のために、清河、仲麻呂のことはすぐには日本へは伝えられなかったのである。

仲麻呂が生きて再び長安の都にはいった頃、奈良では大仏殿の西に戒壇院《かいだんいん》が落成しようとしていた。これは前年天子受戒のあと、五月一日に戒壇院建立《こんりゅう》の宣旨《せんじ》が下され、直ちに工を起したもので、戒壇堂、講堂、廻廊《かいろう》、僧房《そうぼう》、経蔵等が規矩《きく》を正して建てられ、鑒真の住居である唐禅院も戒壇院の北方に池を隔《へだ》てて建てられた。この日本では最初の結界浄潔《けっかいじょうけつ》の地が全く成ったのは九月であった。戒壇堂には金銅四天王像が安置され、全身に甲冑《かっちゅう》をつけた武将の姿は、戒律持得を誓《ちか》う受戒の場所にふさわしいものとして、初めて戒壇院を見る奈良の僧侶たちの眼には映った。

そしてこの戒壇院が落成すると間もなく、一つの問題が起った。それは鑒真が三師七証《しちしょう》*の授戒を以て、仏道入門の正儀となさんとすることに対する反対であった。賢璟《けんよう》、志忠、霊福《りょうふく》らの布衣《ほ》高行《いこうぎょう》の僧たちは、自誓授戒《じせいじゅかい》で一向に差支《さしつか》えないことを主張して、唐僧による新渡の戒を排《はい》そうとした。

そしてこの問題についての討論は興福寺維摩堂《ゆいまどう》で行われることになった。

この対決の場に鑒真側としてはたれを送ってもよかった。法進でも思託でもよかったが、併し、誰にしても日本語が不自由であるというひけ目があった。普照はその役を自ら買って出た。相手はいずれも錚々《そうそう》たる学匠《がくしょう》たちであったが、この時、普照はふしぎに相手を論破できる勇気を感じ、また論破しなければならぬという烈《はげ》しい意欲を感じた。

当日興福寺維摩堂にはこの討論を聞こうとする僧侶たちが詰めかけ、堂内にははいりきれないで、堂の周囲を埋《うず》めた。午刻《ごこく》に賢璟らが入堂し、東側に坐ると、少し遅れて鑒真らが入堂し西側に座を造った。そして鑒真側では普照だけが一同より離《はな》れて、少し前に坐った。討論は程なく開始された。賢璟らは、『占察経《せんざつきょう》』*を引いて論陣を張ったが、普照は『瑜伽論《ゆがろん》』決択分《けつたくぶん》五十三巻に基《もとづ》いて、相手を詰問《きつもん》した。賢璟らは口を閉ざして答えなかった。答えることができなかったのである。普照は二回答えを促《うなが》した。依然《いぜん》として賢璟らは答えなかった。堂内は一瞬《いっしゅん》水底のように静まりかえった。普照は何も考えていなかった。その時、どういうものか、顔を少し仰向《あおむ》けて、薄暗《うすぐら》い堂内に坐っている普照の瞼《まぶた》に、端州竜興寺で客死した栄叡の顔がちらっと浮《う》かんで来た。

この討論から幾許も経ないで、賢璟を初め八十余人の僧侶たちは、旧戒を棄《す》てて、戒壇院において戒を受けた。賢璟は後年大僧都《だいそうず》となり、勅《ちょく》により西大寺に住して、八十歳で寂した人物である。

このことがあってから普照の声名は大いに上がった。普照は東大寺に住み維摩堂で専《もつぱ》ら開遮《かいしゃ》を説き律疏《りつしょ》を講じた。

天平勝宝七年二月、鑒真は西京の新田部親王《にたべのみこ》の旧地を賜《たまわ》り、そこに精舎《しょうじゃ》を営み、建初律寺と号した。この工事の途中《とちゅう》聖武上皇崩《ほう》ぜられて、造営は一時中止となったが、孝謙天皇は先帝の遺志をつぎ、天平宝字元年勅して金堂《こんどう》等の工を始め、三年八月にして成り、天皇より「唐招提寺《とうしょうだいじ》」の勅額を賜って山門に懸《か》けた。

そしてこの唐招提寺の落成と同時に、天皇は詔《みことのり》して、出家たる者はまず唐招提寺にはいって律学を学び、のち自宗を選ぶべしと宣したので、寺には四方から学徒が集まり講律受戒は頗《すこぶ》る盛《さか》んになった。

この唐招提寺の工事の進行中、天平宝字元年七月、大伴古麿は右大弁 橘 奈良麿《たちばなのならまろ》らの廃立《はいりつ》に坐し、事露《あら》われて獄《ごく》に下って杖死《じょうし》した。古麿らしい運命であると見られないこともない。そしてその翌宝字二年には渤海国《ぼっかいこく》へ送った使小野国田守《おぬのくにたもり》が帰朝して、唐国の大乱の報を初めて伝えた。そしてそれと一緒に清河、仲麻呂らが安南に漂着して十余名の者だけが生き残って長安へはいり、目下清河、仲麻呂ともに唐朝に仕えているという報を齎《もたら》した。詳《くわ》しいことは判らなかったが、生存者は僅か十余名で、しかも身をもって長安へはいったと聞いて、普照はこの時初めて、これまで持っていたあるいは業行がまだ生きていないものでもないという思いを断《た》った。僅か十余名の中に、あの老いた僧侶がはいっていようはずはなかった。経巻を失って、なお生きている業行を想像することはできなかった。

普照は、清河らの消息のはいった日、業行の霊を祀《まつ》り、そしてその供養《くよう》の意味で、都の城外の路傍《ろぼう》に果物の樹を植えたいと思った。長安の九街十二衢《く》の楡《にれ》の並木《なみき》のことを思い出し、奈良の都の街路をも、夏季は葉の繁《しげ》りで、秋はその果実で行人を楽しませることができたらと考えたのである。

この普照の願いはそれから間もなく実現した。六月奏上して、そのことが許可され、普照はその年いっぱい暇《ひま》をみてはその仕事に当った。

遣渤海使《けんぼっかいし》小野国田守の帰朝は、普照に業行のことを諦《あきら》めさせたばかりでなく、普照のためにもう一つの役割を持っていた。それは彼が、一個の甍《いらか》を普照のために持って帰国したことであった。名宛《なあて》は日本の僧普照となっており、それが唐から渤海を経て日本へ送られて来たものであることだけは判ったが、これを託《たく》した人物がいかなる者であるかは判らなかった。

甍は寺の大棟の両端《りようたん》に載《の》せる鴟尾《しび》であった。古いもので方々がかけている上に太い一本の亀裂《きれつ》がはいっていた。普照にはこの鴟尾の形には微《かす》かに記憶《きおく》があった。唐のどこかで見たものに違いなかった。普照はそれを思い出そうとしたがどうしても思い出すことはできなかった。彼が入唐早々二年余の歳月を送った洛陽の大福先寺でみたものか、あるいはその後長く止住した長安の崇福寺で、あるいはまた鄮山《ぼうざん》の阿育王寺でみたものか、はっきりした記憶はなかった。併し、いずれにせよ、かつて何回も何回も眼《め》にしたものであるか、あるいはそれに似通っている形態を持ったものであるに違いなかった。

普照はこれを誰が自分に送ったか見当がつかなかった。唐人がこのようなものをわざわざ送る筈《はず》はなかった。唐土にいる彼の親しい友人といえば日本人では玄朗か戒融であった。普照は、送主がたれであるにせよ、大乱の唐を出て、渤海を渡《わた》り、いままた日本の自分のところへ届けられた一個の瓦製《かわらせい》の異形《いぎよう》の物体を、ある感慨《かんがい》をもって眺《なが》めた。

鴟尾《しび》は長い間、東大寺の普照の住む寺坊の入口に置かれてあったが、それが日本へ来てから三月目に、普照のもとから唐招提寺の工事の司《つかさ》である藤原高房のもとに差し出された。

唐招提寺の主な建物が大体落成したのは三年八月であった。普照は唐招提寺の境内《けいだい》へはいると、その度《たび》にいつも金堂の屋根を仰いだ。そこの大棟の両端に自分が差し出した唐様《からよう》の鴟尾の形がそのまま使われてあったからである。

翌宝字四年二月、菩提僊那《ぼだいせんな》は諸弟子に遺誡《いかい》し、阿弥陀仏を念じて、五十七歳で寂した。菩提の死を追いかけるようにして、四月道璿《どうせん》は五十九歳で寂した。道璿と親交のあった真備《まきび》はその行実を纂《さん》し、最澄《さいちょう》の『内証仏法相承血脈譜《ないしょうぶっぽうそうじょうけちみゃくふ》』＊にはその文を引いて「和上毎《つね》に梵網《ぼんもう》の文を誦《ず》す。その謹誦の声零々《れいれい》として聴《き》くべく、玉の如《ごと》く金の如く、人の善心を発《おこ》し、吟味《ぎんみ》幽味《ゆうみ》あり。律蔵細密、禅法玄深《げんしん》なり」とある。後世道璿は華厳《けごん》宗の初伝、禅宗の第二伝と見做《みな》されている。道璿が寂した同じ日に、律師招請の首唱者で、普照、栄叡を渡唐せしめた隆尊も遷化《せんげ》した。

鑒真が寂したのは、唐招提寺ができてから四年目の天平宝字七年の夏であった。弟子の僧忍基《にんき》が講堂の棟梁《とうりょう》がくじける夢《ゆめ》を見た。忍基は驚いて、これ和上が遷化せんと欲する相であるとして、多勢の弟子を集めて、鑒真の肖像を描《えが》いた。この年五月六日、鑒真は結跏趺坐《けっかふざ》＊して、西に面して寂した。年七十六。死してもなお三日間頭部は暖かかった。このため久しく葬《ほうむ》ることができなかった。

翌八年、朝廷《ちょうてい》は使を揚州の諸寺に派した。揚州ではどこの寺でも僧たちは喪服《もふく》をつけ、三日間東に向って哀悼《あいとう》の意を表した。鑑真の長く住んでいた竜興寺では大斎会《だいさいえ》*を設けた。後年竜興寺は失火で焼失したが鑑真の住した坊だけが焼けなかった。

この年、新羅《しらぎ》使節金才伯《きんさいはく》が来朝して、渤海国経由で新羅に来た唐勅使韓朝彩《かんちょうさい》の依頼《いらい》で、さきに唐より渤海国を経て日本へ向った日本留学僧戒融の帰朝の有無を訊《たず》ねたことがあった。このことから判断すると、戒融は再び故国の土を踏《ふ》まないといっていたその志を曲げて、いつか日本へ帰っていたのかも知れない。この戒融の帰国の裏づけと見做《みな》してよさそうなもう一つの史料がある。それは天平宝字七年に、戒融という僧侶が優婆塞《うばそく》*一人伴《ともな》って唐から送渤海使船に乗って渤海を経て帰国したが、途中、暴風雨に遇《あ》い、船師が優婆塞を海に投じたということが古い記録に載《の》っていることである。

普照の没年《ぼつねん》は不明である。この戒融の消息が伝えられた時は既《すで》に物故していたのではないかと思われる。もしこの時まで生きていたとすれば、普照は六十歳近い年齢《ねんれい》の筈である。

# 注解

ページ
五

＊遣唐使《けんとうし》　七世紀から九世紀にかけて、日本の朝廷《ちょうてい》から中国の唐に派遣した公式の使節。推古朝《すいこちょう》に派遣された遣隋使《けんずいし》のあとをうけたもの。遣唐使の派遣の詔《みことのり》は前後十九回あったが、実際に派遣されたのは十五回。第一回は舒明《じょめい》二年（630）犬上御田《いぬかみのみた》鍬《すき》・薬師《くすし》恵《え》日《にち》らが派遣された。遣唐使の一行は大使・副使ら使節のほかに、留学生・留学僧を伴《ともな》い、単なる外交使節ではなく、唐の制度・文物の輸入を目的とした。総員百人から二百五十人、ときとしては五百人に及《およ》ぶ人員を以《もっ》て構成され、通例四艘《そう》に分乗して渡《と》航《こう》した。はじめ朝鮮半島沿いの北路がとられたが、八世紀から東支那海《ひがししなかい》を横断して、揚子《ようす》江《こう》河口にいたる南路がとられた。留学生のなかには、吉備真備《きびのまきび》などのように、帰国して廟堂《びょうどう》に重きをなすものもいたが、本文にも出てくる阿倍仲麻呂《あべのなかまろ》のように、何度も帰国をはかったが果さず、唐の朝廷に仕えて、彼《か》の地で没《ぼつ》したものもいる。

＊聖武《しょうむ》天皇　第四十五代の天皇。大宝元年（701）に生れ、天平勝宝八年（756）に没《ぼつ》した。父は文武天皇、母は藤原不比等《ふひと》の子宮子。神亀《じんき》元年（724）即位《そくい》。積極的に唐の文物を輸入し、国政の充実《じゅうじつ》を計り、諸国に国分寺・国分尼《こくぶんに》寺《じ》、その総本山として東大寺・法華《ほっけ》寺《じ》を建立《こんりゅう》し、東大寺大仏を造立するなど、仏教の興隆《こうりゅう》につとめ、天平文化をきずき、天

## 六

平感宝元年（749）女《むすめ》の孝謙《こうけん》天皇に譲位《じょうい》した。

＊四官　正しくは四等官。令制《りょうせい》における諸官司の四等級の官のこと。官司の統率者《とうそつしゃ》たる長《か》官《み》、長官を補佐する次官《すけ》、一般の事務をとる判官《じょう》、書記の主典《さかん》をいい、用字は各官司によって異《こと》なっているが、その読み方・職掌《しょくしょう》は変らない。遣唐使については、大使・副使・判官・録事をあてている。

＊秦朝元《はたのちょうげん》　僧弁正の子。朝慶の弟。医術家。父弁正は入唐《にっとう》して唐で病没《びょうぼつ》し、兄も死んだ。彼《かれ》だけが帰国して朝廷《ちょうてい》に仕え、養老五年（721）医術にすぐれているために、絁《あしぎぬ》などを賜《たま》わった。入唐して天子に謁見《えっけん》したとき、天子は彼の父が唐で没したことをあわれみ、厚くもてなした。帰国後、図書頭《ずしょのかみ》・主計頭《かずえのかみ》となった。

＊遣唐押使《けんとうおうし》　大使の上にときによっては押使、執節使《しっせつし》が置かれることがあった。

＊知乗船事《ちじょうせんじ》……射手《いて》「知乗船事」は船長。「訳語《おさ》」は通訳。「主神《しゅしん》」は神官。「陰陽師《おんようじ》」は吉凶《きっきょう》の占師《うらないし》。「卜部《うらべ》」は航海の進路、風向をきめる役。「都匠《としょう》」は大工。「音声生《おんじょうじょう》」は雅楽《がく》の楽士。暴風雨と海賊《かいぞく》に脅《おび》える一行にとっては前記職掌《しょくしょう》とともに全員が「水《か》手《こ》」であり、「射手」であったろう。「玉生《ぎょくじょう》」「鋳生《ちゅうじょう》」「細工生《さいくじょう》」「船匠《せんしょう》」などの技術者は唐の新技術を輸入するためのものと思われる。

＊平城京　元明天皇の和銅三年（710）以後奈良時代七代七十余年の都。今の奈良市から大和郡山市《やまとこおりやま》におよぶ東西約四・二粁《キロ》、南北約四・七粁の地域。中央を南北に走る朱雀大路《すざくおおじ》によって、左京・右京に分け、平城宮は中央北部にあって南面し、そのなかに内裏《だいり》や

## 七

諸官庁などがあった。両京とも、南北に九条、東西に四条の大路が走り、西大寺・唐招提寺《とうしょうだいじ》・薬師寺・大安寺はこのなかにあった。左京は今の奈良市街にほぼ相当する部分を外京として張り出し、東大寺・元興寺・興福寺は、この地域に建立《こんりゅう》された。後に長岡京・平安京に都が移ってからも、旧宮として存続し、諸大寺もそのままであったが、平城上皇を擁《よう》し都をふたたびここに定めようとした藤原仲成《ふじわらのなかなり》、薬子《くすこ》兄妹らのいわゆる薬子の乱以後は急速に荒廃《こうはい》した。外京だけが中世には門前町として残った。

*長安　中国陝西《せんせい》省西安市の古い呼称。洛陽《らくよう》とならんで史上もっとも著名な旧都。漢代から唐代にかけて特に唐の都としてもっとも栄えた。都市計画によって都城が整備され、わが国の平城京・平安京の範《はん》となった。唐の発展とともに、国際的な文化都市となり最盛期《さいせいき》には人口百万をこえたという。

*国分寺　聖武《しょうむ》天皇によって天平十四年（742）五穀豊穣《ごこくほうじょう》・国家鎮護《ちんご》のために、国分尼寺《こくぶんにじ》とともに国ごとに建立《こんりゅう》された寺。鎮護国家を説く仏教を中央集権・民衆支配の強化のための精神的支柱としておかれたものだが、律令制の衰退《すいたい》とともに国家の保護を失い、中世になって荒廃《こうはい》した。

*神宮寺　神仏習合説《じゅうごうせつ》のあらわれとして、神社に付属して建てられた寺院で、神宮院・宮寺・神願寺・神供寺などとも呼ばれた。その起源は明らかでないが、文武《もんむ》天皇のころに始まり、ついで藤原武智麻呂《ふじわらのむちまろ》が夢のお告げにより越前敦賀《つるが》の気比《けひ》神宮《じんぐう》に神宮寺を建てたという記事が『武智麻呂伝』に見える。これからのち、諸国の大社には、ほとんどこれ

が置かれた。

＊五畿《き》七道　律令制《りつりょうせい》下の地方行政区画。山城《やましろ》・大和《やまと》・摂津《せっつ》・河内《かわち》・和泉《いずみ》の畿内五カ国と、東海・東山・北陸・山陰・山陽・南海・西海の七道のこと。

＊海竜王経《かいりゅうおうぎょう》　釈迦《しゃか》が王舎城にあって、海竜王すなわち海洋を司《つかさど》る竜神のために、六度・十徳などの菩薩《ぼさつ》の法を説き、女人・竜王・阿修羅《あしゅら》なども成仏《じょうぶつ》することができる、と説いた経文《きょうもん》。

＊奉幣使《ほうへいし》　幣帛《へいはく》を神社・山陵《さんりょう》に奉献《ほうけん》する使者をいう。神祇官《じんぎかん》から奉幣する官幣社と、地方官から奉幣する国幣社の別があり、奉幣に伴《ともな》う宣命《せんみょう》の料紙も、伊勢神宮は縹色《はなだ》、賀茂《かも》神社は紅色、その他は黄色という別があった。

＊隆尊《りゅうそん》　天平勝宝三年（751）に、律師になったことが『続日本紀《しょくにほんぎ》』に見えている。

＊華厳《けごん》　釈迦成道《しゃかじょうどう》後はじめての説法を録した華厳経《けごんきょう》を所依《しょえ》として建てた宗派のこと。世界を太陽の顕現《けんげん》であるとして、かすかな塵《ちり》の中に全世界を映し、また一瞬《いっしゅん》の中にも永遠を含《ふく》むという一即一切《いちそくいっさい》、一切即一の世界観が根本教理である。印度《インド》では竜樹《りゅうじゅ》・世親《せしん》を祖とし、中国では唐の賢首《けんしゅ》によって大成され、天平八年（736）唐僧道璿《どうせん》がその章疏《しょうしょ》をもたらし、同十二年、新羅僧審祥《しらぎそうしんしょう》が、はじめて華厳経を講じた。そのため、審祥を元祖とする華厳宗が、東大寺を根本道場として成立した。

八

＊戒律《かいりつ》　「戒」は規律を守ろうとする自発的な心のはたらき、「律」は他律的な規範《きはん》。仏弟子の非道徳な行為《こうい》を防止する法律。

九

*舎人《とねり》親王　天武天皇五年（677）―天平七年（735）。天武天皇の第五皇子。『日本書紀』の編纂《へんさん》を主宰《しゅさい》し、これが完成した養老四年（720）知太政官事《ちだじょうかんじ》となり、国政の首位に立った。

*課役《かえき》　律令制《りつりょうせい》では、課は調（租税《そぜい》）、役は庸《よう》（労役または物納）と雑徭《ぞうよう》（労役）をさすのが普通であるが、ときに、課に田租まで加える場合がある。

*僧尼令《そうにりょう》　令の編目の一つで、この養老令では第七編にあって、自由勝手に出家すること（私度）・社会との接触《せっしょく》と伝道・吉凶《きっきょう》の判断・蓄財《ちくざい》・飲酒・肉食・博戯《はくぎ》など、僧尼に対する禁止事項を規定し、それに対する刑罰《けいばつ》を定めたもの。

十

*具足戒《ぐそくかい》　比丘《びく》・比丘尼《びくに》の具《そな》えなければならない戒律。この戒を持すれば、徳はおのずから具足する、という。具足衆戒、略して具戒ともいう。比丘に二百五十戒、比丘尼に五百戒ある。

*三聚浄戒《さんじゅじょうかい》　大乗《だいじょう》の菩薩《ぼさつ》のたもつべき戒法《かいほう》のこと。第一に摂律儀戒《せつりつぎかい》（一切の悪を離《はな》れて心を放逸《ほういつ》せぬ戒）、第二に摂善法戒（諸善を積み万行《まんぎょう》を修する戒）、第三に摂衆生戒《せつしゅじょうかい》（饒益《にょうやく》有情戒《うじょうかい》ともいい、大慈大悲を発して、一切衆生を利益する戒）の三種をいう。三聚戒ともいう。

十一

*瑜伽《ゆが》唯識《ゆいしき》　「瑜伽」は主観客観の合致《がっち》した境地。「唯識」は天地の実在は心からであって、すべて客観的なものは空であるとする唯心論。

*延暦《えんりゃく》僧録　唐僧鑒真《とうそうがんじん》とともに、天平勝宝六年（754）に来朝したその弟子の思託《したく》の著。

日本最初の僧伝。延暦七年（788）撰《せん》という。仏教伝来以後、延暦初年までのわが国の高僧や俗人の伝記を集録したもの。もとは十巻あったらしいが、現在は散逸《さんいつ》している。鑒真《がんじん》・道璿《どうせん》・思託《したく》・栄叡《ようえい》・普照《ふしょう》・隆尊《りゅうそん》・慶俊《きょうしゅん》・戒明《かいみょう》らの高僧の伝とともに、聖徳太子・天智《てんじ》天皇・聖武《しょうむ》天皇・光明《こうみょう》皇后などの菩薩《ぼさつ》と呼ばれた人々、藤原良継《ふじわらのよしつぐ》・同魚名《うおな》・同種継《たねつぐ》・石上宅嗣《いそのかみのやかつぐ》・佐伯今毛人《さえきのいまえみし》・石川恒守《つねもり》・淡海三船《おうみのみふね》らの伝記を含んでいた。「日本高僧伝要文抄」の第三に「延暦僧録」の一部が収められている。

＊続日本紀《しょくにほんぎ》　六国史《りっこくし》の一。『日本書紀』につぐ勅撰《ちょくせん》の史書。四十巻。菅野真道《すがののまみち》らの編にかかり、延暦《えんりゃく》十六年（797）に完成。文武天皇元年（697）から延暦十年（791）に及《およ》ぶ編年史。奈良時代の根本史料。

＊節刀　天皇が征夷大将軍《せいいたいしょうぐん》、遣唐使《けんとうし》などにその任のしるしとして与《あた》える刀。

十三

＊難波津《なにわづ》　現在の大阪地方の海面を難波江といい、その要津を難波津という。古代には、今の大阪城付近まで海がいり込《こ》んでいたので、各所に船瀬《ふなせ》を造り、瀬戸内海へ出る港としていた。

＊王子（寺）　奈良県の西北部、北葛城《きたかつらぎ》郡王寺町。古く片岡の要衝《ようしょう》にあたる。生駒《いこま》山脈・金剛山脈の中間にあり、大和川が付近を流れ、大阪平野に流入している。奈良から難波にいたる交通の要地。

十五

＊笠朝臣金村《かさのあそんかなむら》　生没年不詳《せいぼつねんふしょう》。奈良時代初期の歌人。その明確な伝は明らかではない。山部《やまべの》赤人《あかひと》と同時代の人と思われ、行幸に供奉《ぐぶ》して作った歌が多く見られるところから、宮廷《きゅうてい》

歌人であり、下級の官僚《かんりょう》であろうと思われる。その歌集に『笠朝臣金村歌集』があるが、今は伝わらない。歌全体の調子は平明であるが、技法は形式に流れ、迫力《はくりょく》に欠ける。

十七　＊洛陽《らくよう》　中国河南省の都市。北に邙山《ぼうざん》、南に洛水を配する形勝の地。周代には洛邑《らくゆう》と呼ばれ、長安とならんで都となることも多く、後漢・晋《しん》・北魏《ほくぎ》・隋《ずい》の都となった。

二二　＊四分律行事鈔《しょう》　唐の道宣《どうせん》編。道宣は法礪《ほうれい》の弟子。内容を四分するので四分律の名がある。三十編に分れて南山律宗の要義を述べてある。

二六　＊住吉神社　大阪市住吉区住吉町にある。住吉は、元来は「すみのえ」と訓《よ》む。底筒男《そこづつのお》命《みこと》・中筒男命《なかづつのおのみこと》・表筒男命《うわづつのおのみこと》・神功皇后《じんぐうこうごう》を祭神とする。国家《こっか》鎮護《ちんご》・航海守護・和歌の神として、上下の尊崇《そんすう》を集めている。なかんずく、航海をするものにとっては、海上の安全を祈願《きがん》する神として名がある。神功皇后が三韓《かん》より凱旋《がいせん》のとき、底筒男命ら三神の荒《あら》魂《みたま》を鎮《しず》めたのに始まる、といわれる。

二七　＊刺史《しし》　前漢から唐代《とうだい》にわたる州の長官の呼称。

＊通事舎人《つうじとねり》　唐時代の通訳官。

＊玄宗帝《げんそうてい》　（685―762）　唐の第六代の皇帝（在位712―756）。即位《そくい》の当初は姚崇《ようすう》・宋璟《そうえい》・張《ちょう》九齢《きゅうれい》等の賢相《けんしょう》を用いて、これまでの悪政を改革したので、即位後二十年ほどは、天下もよく治まり、いわゆる「開元の治」と称された。しかし、長年にわたる在位の結果、政治にも倦《う》み、賢臣を遠ざけ、悪臣を近づけたうえに、楊貴《ようき》妃《ひ》の色香《いろか》に迷い、政治を顧《かえり》みることがなかったため安史《あんし》の乱がおこり、楊貴妃は殺され、子の粛宗《しゅくそう》が即位した。やが

て長安の都にかえることができたが、失意のうちに没《ぼつ》した。

二八 *法礪《ほうれい》（569—635）隋唐代《ずいとうだい》の律の研究家。四分律の註釈書《ちゅうしゃくしょ》を作り、相部宗《そうぶしゅう》の祖。のち弟子の道宣《どうせん》の南山律のみ栄え、相部宗は衰《おとろ》える。

*四分律疏《しぶんりつしょ》 仏門にある者の戒律《かいりつ》いっさいを解説してある。

*則天武后《そくてんぶこう》（623—705）中国唐《とう》の第三代高宗の皇后。病弱の高宗にかわって政治の実権を握《にぎ》り、高宗の死後は、実子の中宗やその弟の睿宗《えいそう》を相次いで廃《はい》し、ついにはみずから皇帝《こうてい》の位につき、聖神皇帝と称し、国号を周と改めた。古い周の制にならって、官名・地名をかえ、しきりに年号を改め、新字を作ったりするなど、多くの改革を行なった。

*呉道子《ごどうし》 呉道玄《ごどうげん》。唐の画家。壁画《へきが》が得意で地獄変《じごくへん》、鬼神仏像《きしんぶつぞう》を描《えが》いた。

二九 *義浄《ぎじょう》 唐《とう》の高僧《こうそう》。范陽《はんよう》の張子の子。西域に行き、三十余国を歴遊し、二十五年を経て梵《ぼん》本《ぼん》四百部を得て帰り、これを訳した。著書に『南海寄帰内法伝』『大唐西域求法高僧伝』がある。

*金光明最勝王経《こんこうみょうさいしょうおうきょう》 この経典《きょうてん》を誦《とな》える国は四天王が守護すると説く。法華経《ほけきょう》・仁王経とともに鎮護国家《ちんごこっか》の三部経の一。

*勝光天子《しょうこうてんし》『勝光王信仏経』（710訳）のこと。勝光天子は波斯匿王《はしのくおう》のことで釈迦《しゃか》と同日に生れその教えに帰依《きえ》した。勝光天子の信仰《しんこう》が述べられている。

*香王菩《ぼ》薩呪《さつじゅ》『香王菩薩陀羅尼《だらに》呪経』（705訳）のこと。香王は地獄《じごく》・餓鬼《がき》・畜生《ちくしょう》・人間・天上の五道の衆生救済《しゅじょうきゅうさい》をする菩薩。

三一

＊一切荘厳経《いっさいしょうごんきょう》　『一切功徳荘厳経』（705訳）。浄土願生の思想を述べた経典。

＊善無畏《ぜんむい》　中国密教《みっきょう》の祖。印度《インド》の烏荼国《うだこく》の王子で、瑜伽三密《ゆがさんみつ》を学んだのち開元四年に入唐《にっとう》、玄宗《げんそう》に厚遇《こうぐう》されて仏書の翻訳にしたがった。同二十三年、九十九歳で没《ぼっ》。

＊大日経《だいにちきょう》　善無畏《ぜんむい》訳、全七巻。『金剛頂経《こんごうちょうぎょう》』とともに真言密教の双璧《そうへき》である経典。

＊律部　仏教徒の秩序維持《ちつじょいじ》のために制定した規律を律といい、もとは釈迦《しゃか》が弟子の悪行を制するための罰則《ばっそく》を定めたことから出ている。唐代《とうだい》に漢訳された律は五部に分れ罰則、教団の儀礼《ぎれい》、生活などを説いた部分から成立していてこれを五部律ともいう。

＊天台　隋代《ずいだい》からはじまる大乗仏教の一。法華経《ほけきょう》を聖典として智顗《ちぎ》の創建した宗派。常識から宗教的真理に到達《とうたつ》するのを「空観《くうがん》」、その「空観」から世俗に戻《もど》るのを「仮観《けかん》」、この二つに囚《とら》われない求道《ぐどう》方法を「中道観《ちゅうどうかん》」といい、この三つの経路を同時に心に観《み》るのを「一心三観」といって天台の教理となっている。

三三

＊浄行品《じょうぎょうぼん》　『華厳経《けごんきょう》』第六巻にある。菩薩《ぼさつ》（覚智《かくち》）に至るための日常生活のありようについて文殊《もんじゅ》が説いている。

三七

＊義淵《ぎえん》　法相宗《ほっそう》の高僧《こうそう》。唯識《ゆいしき》を学び天智《てんじ》天皇から僧正に任ぜられた。

＊唯識《ゆいしき》　唯識論の略称で、印度の無着《むちゃく》・世親《せしん》らが唱えた学説のこと。すべての現象を精神活動の発展、展開として説明する一種の観念論。世親の著《あら》わした「唯識二十論」（これには菩提流志《ぼだいるし》・真諦《しんたい》・玄奘《げんじょう》の三訳がある）を典拠《てんきょ》とする。

＊七上足《しちじょうそく》　義淵《ぎえん》には有能な門下が多く、玄昉《げんぼう》・行基《ぎょうき》・宣教・良敏・行達・隆尊・良弁《ろうべん》を義

淵の七上足といい、これらの僧《そう》たちが奈良仏教隆盛《りゅうせい》の基《もと》をひらいた。

三八　＊法相《ほっそう》　『成唯識論《じょうゆいしきろん》』などを典拠《てんきょ》として、万物は唯識の変化である、と説く教え。唐の窺基《き》を祖とする。わが国では道昭が入唐《にっとう》して、玄奘《げんじょう》から受けたのが最初である。

＊性相《しょうそう》　法相のこと。不変絶対の真実の本体を性、差別変化の現象を相という。不変の部分を、また可変の部分を、さらに不変と可変の融合《ゆうごう》をというように宗派によって追求の方法がちがう。

＊行基《ぎょうき》　天智天皇七年（668）—天平勝宝元年（749）。奈良時代の高僧《こうそう》。和泉国《いずみのくに》（大阪府南部）の人。若くして出家し、慧基・義淵《ぎえん》・道昭らについて、法相などを修め、諸所をめぐり歩いて罪福を説いた。また土木工事を行ない、布施屋《ふせや》（税の物納運搬者《うんぱんしゃ》や旅行者のために駅路に設けられた宿泊所《しゅくはくじょ》）を設置するなど、社会福祉《ふくし》に貢献《こうけん》し、畿内《きない》に多くの寺院を建立《こんりゅう》した。聖武《しょうむ》天皇に厚遇《こうぐう》され、東大寺大仏造立には、民衆の協力を勧誘《かんゆう》した。わが国最初の大僧正、大菩薩《だいぼさつ》の号を受けた。

三九　＊下道真備《しもつみちまきび》　吉備真備《きびのまきび》のこと。持統天皇七年（693）—宝亀《ほうき》六年（775）。奈良時代の学者・政治家。吉備（岡山県）地方の豪族《ごうぞく》の出身。養老元年（717）、遣唐《けんとう》留学生として入唐《にっとう》。在唐中すでにその文名は知られていた。天平七年（735）、儒学《じゅがく》・天文・兵学に関する書籍《しょせき》・器具を持って帰国、唐文化の移植につとめた。玄昉《げんぼう》とともに橘諸兄《たちばなのもろえ》のもとで活躍《かつやく》したが、藤原仲麻呂《ふじわらのなかまろ》（恵美押勝《えみのおしかつ》）に追われてふたたび入唐し、帰朝後、仲麻呂の没落《ぼつらく》をまって、従二位右大臣となった。

四〇　＊大衍暦経《だいえんれききょう》・大衍暦立成《りっせい》　大衍暦は唐代《とうだい》に採用された暦《こよみ》。唐では西紀七二九年から三十三年間用いられ、日本では天平宝字七年（763）から約百年間用いられた。太陰暦《たいいんれき》で定数はほぼ正確だが一年の長さは過大である（365.2494日）。この二書はこの唐暦の関係のものである。

＊楽書《がくしょ》要録　則天武后《そくてんぶこう》撰《せん》の音楽書。この時代にさまざまな東南アジアの音楽が輸入され、九世紀になってはじめて雅楽《ががく》の形態が整っていった。

四九　＊古今和歌集目録　藤原仲実の著といわれる。全二巻。古今集の作者略伝と歌数の調査から成っている。

＊婆羅門僧菩提僊那《ばらもんそうぼだいせんな》　婆羅門は印度《インド》の四姓《しせい》階級の最上位の僧侶《そうりょ》・学者をいう。菩提僊那は中国を経て天平八年（736）来日した。良弁《ろうべん》・行基《ぎょうき》らと近江《おうみ》石山寺を創建、東大寺大仏の開眼供養《かいげんくよう》の導師ともなり、また、華厳経《けごんきょう》を読み、呪術《じゅじゅつ》をよくした。

＊仏哲《ぶってつ》　奈良時代の林邑《りんゆう》国（安南）の僧。南天竺《てんじく》に行き、菩提僊那《ぼだいせんな》に学び、彼《かれ》に伴《ともな》われて入唐《にっとう》。また彼とともに来日し、大安寺に住して梵語《ぼんご》の教授を行ない、東大寺大仏の開眼《かいげん》供養《くよう》に参列した。

五四　＊都督《ととく》　諸州の軍政を司《つかさど》る武官。

＊都護《とご》　辺境統治機関。その起源は漢代に西域におかれたのがはじめで、都護府として確立したのは唐代《とうだい》である。服従してきた部族の住地に都督府《ととくふ》、刺史州《しししゅう》をおいて酋長《しゅうちょう》を長官に任じた。

五五 ＊五台山 中国山西省にある山。後漢のころ印度から僧《そう》が仏典を持ってきて庵《いおり》を結んだという。唐《とう》以後華厳宗《けごんしゅう》の本山となったほどであるから、このころ仏僧の訪れねばならぬ山であったのだろう。

＊天竜山 山西省太原西南にある。東魏《とうぎ》から唐《とう》にかけての石仏のある石窟《せっくつ》が十余ある。

＊廬山《ろざん》 江西省北部にある山。標高千六百メートル。東晋《とうしん》のころ慧遠《えおん》がここで修行《しゅぎょう》してから江南一の名勝の霊地《れいち》となった。

五六 ＊伊水《いすい》 河南省にある川の名、洛水に注ぐ。

五七 ＊虚空蔵求聞持《こくうぞうぐもんじ》法《ほう》 虚空蔵菩薩《ぼさつ》を本尊とする荒行《あらぎょう》の力法。記憶力《きおくりょく》が増大するといわれ、いまもわが国真言宗に伝修されている。

五八 ＊大毘盧遮那成仏神変加持経《だいびるしゃなじょうぶつしんぺんかじきょう》 大日経《だいにちきょう》の正式名。前出（二〇八）。

＊密教 秘密教の略。一般の仏教（顕教《けんぎょう》）に対する言葉。顕教では衆生《しゅじょう》の性能に応じて簡略便宜《べんぎ》に法を説いてあるが、密教では理論とともに口で唱える真言、涅槃《ねはん》の境地を手指でさまざまな形で表す印契《いんげい》によって、即身成仏《そくしんじょうぶつ》、現世利益を得ることができると説く。『大日経《だいにちきょう》』『金剛頂経《こんごうちょうぎょう》』の経典に所依《しょえ》している。七世紀後半に印度《インド》におこり中国に伝えられた。

六二 ＊達磨戦涅羅《だるませんねら》 印度《インド》の僧《そう》。開元二十年（732）入唐《にっとう》、密教の経典《きょうてん》を訳す。

＊金剛智三蔵《こんごうちさんぞう》 (671—741) 南印度《みなみインド》の僧《そう》。開元八年（720）に入唐《にっとう》、密教の経典《きょうてん》を漢訳、玄《げん》宗《そう》の信任が厚かった。

＊義学　信仰《しんこう》ではなく学問として仏教を研究すること。

＊日照三蔵《にっしょう》　中印度から六七六年入唐《にっとう》し印度中観派の新学説を紹介《しょうかい》、多くの経典を漢訳した。

＊法蔵《ほうぞう》　(643—712)　長安の人。華厳教《けごんきょう》の大成者。

＊菩提流志《ぼだいるし》　(572—727)　南印度婆羅門《ばらもん》出身の僧。招かれて洛陽《らくよう》に来て、玄奘《げんじょう》が着手してできなかった大宝積経《だいほうしゃっきょう》百二十巻を漢訳した。

＊智升《ちしょう》　正しくは智昇。史実に明るい唐代《とうだい》の学者。経典《きょうてん》を整理集録した『開元釈教録』全二十巻を著《あらわ》す。

＊懐素《かいそ》　(634—707)　玄奘《げんじょう》門下。律の研究家。『四分律開宗記』が現存。

六三　＊南山宗　四分律南山宗。開祖は道宣《どうせん》。中国でもっとも長く命脈を保った律宗である。鑒《がん》真《じん》はこの宗派の人。

＊浄土《じょうど》　阿弥陀仏《あみだぶつ》を本体として念仏を唱え極楽浄土に再生することを説く教派。中国では晋代《しんだい》に慧遠《えおん》によって教団組織が確立された。

六九　＊鑒真《がんじん》　唐永隆元年(688)—天平宝字七年(763)。唐の学僧《がくそう》、日本の律宗の開祖。このあとの描写《びょうしゃ》にもあるように入唐僧栄叡《にっとうそうようえい》らの請《こい》によって日本に渡《わた》ることを決意したが、五回にわたる渡航《とこう》に失敗したあと、天平勝宝五年(753)、多くの仏像・経巻《きょうかん》をたずさえて来朝し、翌年入京した。同年四月、東大寺大仏の前に戒壇《かいだん》を設け、聖武上皇・孝謙天皇以下に戒をさずけた。これがわが国における登壇受戒《とうだんじゅかい》のはじめである。天平宝字三年

(759)、唐招提寺《とうしょうだいじ》を建立《こんりゅう》。大僧都《だいそうず》に任じ、大和上《だいわじょう》の号を加えられた。一切経《いっさいきょう》の校正にあたっては、盲目《もうもく》の彼の暗誦《あんしょう》により字句の誤りを正し、また薬物の真偽《しんぎ》をかぎわけて整理したことなどが伝えられている。唐招提寺の開山堂には、彼《かれ》とともに来朝した弟子《し》の思託《たく》の製作にかかるといわれる鑒真座像が安置されている。

七〇 *倉曹参軍事《そうそう》　倉穀《そうこく》を扱《あつか》う官吏《かんり》。刺史《しし》の下におかれた。

七一 *採訪使　玄宗《げんそう》の時代、全国を十の道に分けてこの官をおいた。道内を巡視して官吏《かんり》の成績をしらべ、三年に一回上奏する役。

七二 *聖教大いに興《おこ》るという予言　聖徳太子のこの予言は、淡海三船《おうみのみふね》が著《あらわ》した鑒真の伝記『唐《とう》大和上東征伝《だいわじょうとうせいでん》』に見えている。

*思禅師《しぜんじ》　中国の南北朝時代の魏《ぎ》の高僧《こうそう》、慧思《えし》(515—577)のこと。天台の第二祖。

*長屋王子《ながやのおおぎみ》　天武天皇十三年(685)—天平元年(729)。奈良時代の政治家。天武天皇の孫。高市皇子《たけちのみこ》の第一皇子。養老五年(721)、右大臣となり、神亀《じんき》元年(724)、聖武天皇の即位《そくい》に伴《ともな》って左大臣となったが、天平元年、漆部造《ぬりべのみやつこ》君足《きみたり》らに謀叛《むほん》の計があると密告され自殺した。

七三 *涅槃経《ねはんぎょう》　釈迦《しゃか》が入滅《にゅうめつ》しようとするとき行なった説教を記した経典。「一切の衆生《しゅじょう》は悉《ことごと》く仏性あり、如来《にょらい》は常住変易あるなし」がその根本義。

七五 *新河　開元二十六年に揚子津から瓜州《かしゅう》まで直路二十五里の新しい運河を開いて揚子江に直結した。

七六　＊沙弥《しやみ》　出家して十戒《じつかい》を守っているが、まだ具足戒《ぐそくかい》を受けるに至らない男子。

七六　＊菩薩戒《ぼさつかい》　菩薩とは諸仏の覚智《かくち》を得ようと修行《しゆぎよう》する人。菩薩戒はその菩薩が守らなければならない戒律で、不殺《ふせつ》・不盗《ふとう》・不淫《ふいん》・不妄語《ふもうご》・不酤酒《ふこしゆ》・不説過《ふせつか》・不自讃毀他《ふじさんきた》・不慳《ふけん》・不瞋《ふしん》・不謗三宝《ふぼうさんぼう》の十戒。

七七　＊三蔵《さんぞう》　経《きよう》（仏の述べる法義を編纂《へんさん》した経典）、律（僧侶《そうりよ》の悪行を防止する法律）、論（仏説の経に対して菩薩《ぼさつ》の所説）の三つをいう。

七七　＊唐大和上東征伝《とうだいわじようとうせいでん》　鑑真《がんじん》の伝記。来日後ずっと鑑真の傍《そば》にいた思託《したく》の鑑真伝『和上行記』によって宝亀《ほうき》十年（779）に淡海三船《おうみのみふね》が撰述《せんじゆつ》したもの。

七九　＊国清寺《こくせいじ》　浙江《せつこう》省台州天台山麓《さんろく》にある。隋《ずい》の開皇十八年（598）智顗《ちぎ》の追福のために建立《こんりゆう》された天台寺を大業元年（605）国清寺に改めた。天台の道場として諸僧《しよそう》集まり、わが国天台宗の祖最澄《さいちよう》もここで修行《しゆぎよう》した。

八三　＊思託《したく》　生没年不詳《せいぼつねんふしよう》。天台僧《てんだいそう》。鑑真《がんじん》の門人。鑑真に従って来日した。律を講じ、鑑真の伝を作り、西大寺に八角塔様（模型）を作るなどした。延暦年間《えんりやく》に『延暦僧録』を作成した。

八八　＊閻羅王界《えんらおう》　地獄《じごく》。閻羅王は閻魔王《えんまおう》のことで冥界《めいかい》にあって十八の将官と八万の獄卒《ごくそつ》とを従え、地獄に来る者を審判《しんぱん》する。

九〇　＊千輻輪相《せんぷくりんそう》　仏の三十二相の一で、仏の足のうらに千の輻輪状の紋のあること。円満な諸法の相で仏足石に印す。

九三　*迦葉仏《かしようぶつ》　釈迦《しやか》のあらわれる以前の過去七仏の第六番めの仏。生れた時二万歳《さい》であったという。釈迦の出現はこの仏の滅後《めつご》五十六億七千万年であったという。

九四　*近事《ごんじ》　優婆塞《うばそく》ともいう。在家にあって仏門に入った男子。

*孫綽《そんしやく》　晋《しん》の学者。博学で詩文をよくした。

一〇二　*三綱《さんごう》　上座・寺主・維那《いな》と三役あり、寺内を統率し寺務を処理する僧。

*楊太真《ようたいしん》　楊貴妃《ようきひ》のこと。貴妃とは皇后につぐ皇帝《こうてい》夫人の称号。はじめ玄宗《げんそう》の皇子の妃《きさき》であったがのちに玄宗の貴妃となった。歌舞《かぶ》・音曲に通じ、玄宗の溺愛《できあい》によって楊氏一族は栄えたが、のちに安史《あんし》の乱をひきおこし自殺させられた。

*安禄山《あんろくざん》　胡人《こじん》。玄宗《げんそう》に愛され節度使になったが、楊貴妃《ようきひ》とむすび辺境にあって乱を起し破竹の勢いで洛陽《らくよう》をおとし長安に迫《せま》ったが息子《むすこ》に殺された。

*御史太夫《ぎよしたいふ》　文書と百官の弾劾《だんがい》を司《つかさど》る官職。

*韋堅《いけん》　江南の産物を長安に運ぶ運河を通じ玄宗《げんそう》の信任を得たが、李林甫《りりんぽ》の讒《ざん》にあい殺された。

一〇五　*李適之《りてきし》　おなじころ宰相《さいしよう》の地位にあったが李林甫《りりんぽ》にはかられてその職を退いた。

*儀軌《ぎき》　密教の儀式軌則である念誦《ねんじゆ》・供養《くよう》・曼荼羅《まんだら》などを記したもの。

一一〇　*桟香籠《さんこうかご》　詳細《しようさい》不明。『南方草木状』に、桟香はベトナム地方に産する香樹（香木）で製紙材料にもなるとあるから、香木の入った籠《かご》とも、桟香樹の蔓《つる》で作った籠ともとれる。

一二八　*弥勒《みろく》の天宮　弥勒菩薩《ぼさつ》のいる浄土《じようど》。弥勒菩薩は六欲天中の第四重の兜率天《とそつてん》で天人に説法しているが、五十六億七千万年の年齢《ねんれい》が尽《つ》きたとき人間界に生れ出て釈迦《しゃか》のかわりに説法するという。

＊荔枝《れいし》　ムクロジ科の小喬木《しょうきょうぼく》。瘤《こぶ》のある甘《あま》い実をつける。

一三〇　＊華厳九会《けごんくえ》　正しくは華厳七処九会図会、または華厳変相ともいう。華厳経説法のようすを図示したもの。

一三一　＊婆羅門《ばらもん》　印度《インド》の古代民族宗教。釈迦《しゃか》以前からある婆羅門階級のみの排他《はいた》的階級宗教で仏教と対峙《たいじ》し、その教義も師弟間の口伝《くでん》とされている。

一三二　＊崑崙《こんろん》　マレー半島の漢名。

＊獅子国《ししこく》　いまのセイロン島。

＊大石国　いまのアラビア半島。

＊玄奘三蔵《げんじょうさんぞう》　(600―664)　唐《とう》の僧《そう》。『西遊記《さいゆうき》』の三蔵法師《さんぞうほうし》として知られる。河南の人。洛《らく》陽《よう》・長安などで諸派を研究したが、原典の探求を志し、唐の貞観《じょうがん》三年（629）印度《インド》に赴《おもむ》き、仏跡《ぶっせき》を巡拝《じゅんぱい》し、印度・カシミール・マカダなどの各地で印度仏教各派について研究し、同十九年（645）、六百五十七部の経典《きょうてん》をたずさえて長安に帰り朝廷《ちょうてい》に献上《けんじょう》した。このときの旅行記が『大唐西域記』である。太宗皇帝《たいそうこうてい》の命によって、この経典の翻訳《ほんやく》に従事し、後世、法相宗《ほっそうしゅう》の祖といわれた。

一三四　＊慧能《えのう》禅師　(638―713)　唐朝《とうちょう》の庇護《ひご》にあった北方の北宗禅《ほくしゅうぜん》に対し、勅命《ちょくめい》を離《はな》れて南方で教化発展した南宗禅の開祖。後世の禅の発達はすべてこの流派によっている。

一三九 ＊大庾嶺《だいゆれい》 江西省と広東《カントン》省の境にある山脈。梅《うめ》の多い山地なので梅嶺《ばいれい》ともいい古来から詩文に歌われた。

一四一 ＊中書令鍾紹京《ちゅうしょれいしょうしょうけい》 中書令は国内政務を司《つかさど》る中書省の長官。鍾紹京は江西省の人、蜀州《しょくしゅう》刺史《しし》になったこともある。唐風楷書《とうふうかいしょ》の雄として知られていた。能書家の鍾繇《しょうよう》を大鍾といい、紹京のほうを小鍾という。

一四四 ＊慧遠《えおん》法師 (334―416) 東晋《とうしん》時代仏教の宗教性を主張した代表僧《そう》。廬山《ろざん》で修行《しゅぎょう》、中国浄《じょう》土宗《どしゅう》の祖である。王権支配下にあった当時の仏教界にあって、王権非屈服を唱えた不敬王者論は、仏教の純粋《じゅんすい》性を主張したものである。

一五三 ＊大伴古麿《おおとものこまろ》 唐《とう》から帰朝後、陸奥《むつ》鎮守府《ちんじゅふ》将軍兼按察使《けんあぜち》となったが、橘奈良《たちばなのなら》麿《まろ》の廃立陰謀《はいりついんぼう》に加わって獄死《ごくし》した。

＊大伴古慈斐《おおとものこじひ》 前記 橘奈良《たちばなのなら》麿《まろ》の変に連座して土佐に流罪《るざい》されたが、後に赦《ゆる》された。

＊多治比真人鷹主《たじひのまひとたかぬし》 大伴古麿《おおとものこまろ》と親しく同じく 橘奈良《たちばなのなら》麿《まろ》の変に関係した。

一六七 ＊瞻波国《チャンパ》 印度《インド》カルカッタの東南部にあった国。

一七〇 ＊肉舎利《にくしゃり》 舎利は身骨または霊骨《れいこつ》の意。仏陀《ぶつだ》の舎利には骨舎利、髪舎利、肉舎利の三種がある。

一七九 ＊二十五菩薩《ぼさつ》 死にあたって弥陀来迎《みだらいごう》のときに従ってくる観世音以下二十五の菩薩。

＊五如来《にょらい》 大日《だいにち》如来・阿閦《あしゅく》如来・宝生如来・阿弥陀《あみだ》如来・釈迦《しゃか》如来の五仏。

一八四 ＊安宿王《あそかおう》 長屋《ながや》王《おう》の子。橘奈良《たちばなのなら》麿《まろ》の変に連座して佐渡に流罪《るざい》、没年《ぼつねん》不明。

一八五　*良弁《ろうべん》　はじめ法相《ほっそう》を学び、ついで新羅僧《しらぎそう》に華厳《けごん》を学んで第二祖となる。のちに東大寺別当、僧正に任ぜられた。

*盧舎那仏《るしゃなぶつ》　もとは太陽の意で、仏の広大無辺を象徴《しょうちょう》した華厳宗《けごんしゅう》の本尊。

一九二　*梵網経《ぼんもうきょう》　後秦の鳩摩羅什《くまらじゅう》の漢訳、上下二巻。大乗律第一の経典である。十重禁戒、四十八軽戒をあげ、出家・在家を区別せず戒を仏性の自覚によって形成されるとする。

*唐詩《とうし》紀事　八十一巻、宋《そう》の計有功《けいゆうこう》撰《せん》。唐の詩人千百五十人の名詩と略歴がのっている。

*全唐詩《ぜんとうし》　清《しん》の康熙《こうき》四十二年、彭定求《ほうていきゅう》らの編。唐代詩人二千二百余人の詩四万八千九百余を収めてある。

一九三　*三師七証　比丘《びく》が具足戒《ぐそくかい》を受けるとき師として出席を乞《こ》う人数。三師とは戒を授《さず》ける師主である戒和上《かいわじょう》、その場の作法を教える教授師、その作法を実行する羯磨師《かつまし》。七証は受戒を証明する七人の立会比丘のことである。

一九四　*占察経《せんざつきょう》　過去の世の善悪業と現世の報《むく》いを説いてある。儀式《ぎしき》としては木片《もくへん》に十善十悪を書いたり、十八の数を書いたものを投げて吉凶《きっきょう》を判別したりする。これらのことなどからも民俗と仏教を結びつけた通俗仏教として、唐代《とうだい》には広く中国に流布《るふ》されていたようである。

一九八　*内証仏法相承血脈譜《ないしょうぶっぽうそうじょうけちみゃくふ》　弘仁《こうにん》十年（819）の論作。比叡山《ひえいざん》に戒壇《かいだん》を設け天台宗の教団組織を完備するための天台・禅・戒・密の四宗の相承を明らかにしたもの。

*結跏趺坐《けっかふざ》　跏は足の裏、趺は足の甲、両膝《りょうひざ》を曲げて両足の裏を上向けにした坐《すわ》り方。如《にょ》

来《らい》は必ずこの坐法《ざほう》によるから如来坐・仏坐ともいう。

一九九　＊大斎会《だいさいえ》　僧を招き食事を供し読経《どきょう》供養《くよう》する法会《ほうえ》。多く午前中に行う。

＊優婆塞《うばそく》　在家の男子の信者。三帰（仏・法・僧《そう》の三宝に帰依すること）を受けて五戒《かい》（殺生《せっしょう》・偸盗《ちゅうとう》・邪淫《じゃいん》・妄語《もうご》・飲酒《おんじゅ》の禁）を守り、比丘《びく》に仕える者。

郡司勝義

# 解説

山本健吉

一

『天平《てんぴょう》の甍《いらか》』は、南都唐招提寺《とうしょうだいじ》の開祖である唐僧鑒真《とうそうがんじん》の事蹟《じせき》によって書かれている。

ところで、これは後日譚《ごじつたん》になるが、今年の秋、鑒真の千二百年忌《き》を記念する集会が、北京《ペキン》と揚州《ようしゅう》で開かれ、さらに鑒真にゆかりの深い揚州の大明寺には、鑒真記念館が建てられることになった。そのため井上氏は、鑒真研究の第一人者安藤更生氏等と中国に招かれ、それらの式典・集会に出席した。

中国で鑒真の事蹟をこれほど顕彰《けんしょう》する切掛《きっか》けになったのは、安藤氏の研究と井上氏の『天平の甍』の刺戟《しげき》によるのである。それまでは、まったく知られていなかった鑒真の存在を知り、しかも鑒真を日本へ導いた栄叡《ようえい》・普照《ふしょう》という日本の二人の学僧を知り、栄叡が雄図《ゆうと》半ばに果てた端州《たんしゅう》の竜興寺には、その碑《ひ》さえ建てるに至ったという。

このような鑒真熱は、まったく近々半歳《はんとし》における盛上《もりあが》りなのである。それは政治的な意味をも籠《こ》めて、中国の親日熱の高まりに一役果したのだった。

二

『天平の甍』を書く前に、氏は歴史小説としては、『異域の人』と『僧行賀《ぎょうが》の涙《なみだ》』とを書いている。『異域の人』は西域小説である点で、後の『楼蘭《ろうらん》』『敦煌《とんこう》』『洪水《こうずい》』『蒼《あお》き狼《おおかみ》』などに先駆《せんく》するが、それとともに、『天平の甍』の発想にも影《かげ》を落している。『僧行賀の涙』は、天平の留学僧を描《えが》いた点で、『天平の甍』に直接連続する。だから、この二作について一言ここで触《ふ》れて置くのも無駄《むだ》ではない。

『異域の人』は、後漢の人班超《はんちょう》の伝記である。『異域の人』の主人公班超は死の前に、西域の漢化に力を尽《つく》してきた三十年を回想しながら、一切は徒労だったという思いに捉《とら》えられていたはずである。蟻《あり》のような人間の営みも、歴史の盲目《もうもく》的意志の前に、他愛なく呑《の》みこまれてしまうという感慨《かんがい》がおそらくそこにはあった。では、班超の半生はまったく無意味だったのか、と問うてみて、作者は答えを躊躇《ちゅうちょ》する。人間の行為《こうい》の意義、無意義を分つものは、人間の意志を超《こ》えている。人間の歴史も、結局人間行為の無数の捨石の上に築かれている。みすみす無駄かも知れない、と知りながらも為《な》さないではいられないのが、人間の真実だろう。

その意味では、この班超は、『天平の甍』に描かれた留学僧たち、ことに数十年の唐留学を、ひたすら日本へ持ち帰る経文《きようもん》を写すことに費し、帰路経文とともに海に消えた僧業行の肖像《しようぞう》の前型である。

『僧行賀の涙』の行賀と仙雲は、天平勝宝四年（七五二）、第十回の遣唐船《けんとうせん》で渡唐《ととう》した学問僧である。傲岸《ごうがん》な仙雲は、何時《いつ》か日本へ帰る意志をなくして大陸の到《いた》る処《ところ》を歩き、西域を経て釈尊の生れた天竺《てんじく》の地を踏《ふ》む念願を起し、同行者を求めるため胡商《こしよう》の住む陋巷《ろうこう》で人々を説きまわっている。井上氏が好んで描く、憑《つ》かれたような漂流者《ひようりゆうしや》の一人である。これに対して行賀は在唐の日々を写経に過した実直な学問僧であるが、望みを果して三十一年目に日本へ帰って来たとき、誰《だれ》にも伝えようない気持に捉えられていて、東大寺の僧の試問に対しても、何一つ答えられない。一たび俗世間と次元の違《ちが》った世界に生きた者が、人に伝えようのない一つの真実を胸に秘めていることから来る索莫《さくばく》とした孤独《こどく》の世界——これは井上氏が『猟銃《りようじゆう》』以来書きつづけてきた主題であり、行賀もその一つのヴァリエーションに違いない。

かくして行賀は、ある意味では『天平の甍』の業行あるいは景雲の前身であり、また他の意味では普照の前身でもある。同じく仙雲は、『天平の甍』の戒融の性格を、相当強く分ち持っている。だからこの作品は、『天平の甍』の雛型《ひながた》だったとも言えよう。

三

『天平の甍』は、名僧鑒真の来朝という、日本古代文化史上の大きな事実の裏に躍《おど》った、五人の天平留学僧の運命を描き出したものである。このうち、業行を除く四人は、多治比広成《たじひのひろなり》を大使とし、中臣名代《なかとみのなしろ》を副使とする天平五年（七三三）の第九次遣唐船で入唐《にっとう》したのである。養老元年（七一七）の第八次遣唐船で、阿倍仲麻呂《あべのなかまろ》・吉備真備《きびのまきび》・僧玄昉《げんぼう》等、高名の学者たちが、留学生・学問僧として唐へ渡《わた》ってから、十数年を経ている。彼等《かれら》は洛陽《らくよう》で、帰国しようとする彼等とすれちがう。そのような正史上の一瞬《いっしゅん》の文学的定着は、非常に感動的である。双方《そうほう》の運命についての省察を強《し》いるような、灼熱《しゃくねつ》的な一瞬である。この時の留学僧たち四人のなかには、仲麻呂・真備・玄昉等のような文名・学才・政治的才幹を史上にとどめた者は、一人もいない。だが、その前から渡っていた業行をも含《ふく》めて、五人の無名の若い僧たちの運命は、一人々々留学僧の典型的な在り方として、簡潔に、しかも鮮《あざや》かに、描き出されている。

鑒真来朝の事蹟は、正史に次のように書かれており、これが小説『天平の甍』のパン種である。

（天平宝字七年）五月戊申《ツチノエサル》。大和上《ダイワジヤウ》鑒真物化ス。和上ハ揚州竜興寺ノ大徳ナリ。（中略）天宝二載《さい》、留学僧栄叡・業行等、和上ニ白《マウ》シテ曰《イハ》ク、仏法東流シテ本国ニ至ル。其《ソ》ノ教有リト雖《イヘド》モ、人ノ伝授スル無シ。幸ニ願ハクハ、和上東遊シテ化ヲ興《オコ》セト。辞旨《ジシ》懇至《コンシ》ニシテ、諮請《シセイ》息《ヤ》マズ、乃《スナハ》チ揚州ニ於《オイ》テ船ヲ買ヒテ海ニ入ル。而《シカ》ルニ中途《チユウト》ニシテ風ニ漂《タダヨ》ヒ、船打チ破ラレヌ。和上一心ニ念仏シ、人皆之《ミナコレ》ニ頼《タヨ》リテ死ヲ免《マヌカ》ル。七載ニ至リテ、更ニ復《マタ》渡海ス。亦風浪《マタフウラウ》ニ遭《ア》ヒテ、日南ニ漂着ス。時ニ栄叡物故ス。和上悲泣《ヒキフ》シテ失明ス。勝宝四年、本国ノ使適〻《タマタマ》唐ニ聘《ヘイ》ス。業行乃チ説クニ宿心ヲ以《モツ》テス。遂《ツヒ》ニ弟子廿四人ト、副使大伴宿禰古麻呂《オホトモノスクネコマロ》ノ船ニ寄乗シテ帰朝シ、東大寺ニ於テ安置供養《クヤウ》ス。（続日本紀《しよくにほんぎ》、巻廿四）

さらにまた、淡海三船《おうみのみふね》の撰《えら》んだ『唐大和上東征伝《とうせいでん》』がある。鑒真の細部の史実については、氏は早大教授安藤更生氏の教示を得たらしい。安藤氏によれば、遣唐船の中で普照だけが船暈《ふなよ》いに強かったとあるのは、『延暦僧録《えんりやくそうろく》』という書物に出ているという。栄叡・業行という名が正史に見えることは、さきの引用でも知られるが、『続日本紀』の業行は、同書の他の部分では普照と同一人のことを指しているから、普照のことだと安藤氏は言う。井上氏もそれを普照として書いている。戒融も実在したらしく、鑑真の死んだ年に渤海《ぼっかい》を渡って帰ってきたという。玄朗《げんろう》の名も『東征伝』の中に見える。帰りの渡航に失敗して、帰朝したかどうか不明の人物である。このようなきれぎれの記録を基《もと》にして、氏は彼等の個性的な肖像を截然《せつぜん》と描き分けるのである。

四

五人のうちの一人、戒融は「この国には何かがある。この広い国を経《へ》廻《めぐ》っているうちにその何かを見つけ出すだろう」と考えて、出奔《しゅっぽん》して托鉢僧《たくはつそう》となり、その終るところを知らなかった。これは『僧行賀の涙』における仙雲の発展である。最後に作者は、史料によって、彼が渤海国を経て帰って来たかも知れないことを暗示する。彼は性狷《けん》介《かい》で、奇矯《ききょう》な言葉を弄《ろう》し、唐土で経典を研鑽《けんさん》するなどというまどろっこしい方法を選ばず、何かに憑かれたように、国中を歩くことを自分に課す。続々と印度《インド》から齎《もた》らされる経典よりも、彼にとって唐土そのものの方が広大で涯《はて》しない謎《なぞ》だったからである。その行動は、日本に何物も齎《もた》らさず、広大な国土の中に消え失《う》せて行ったというべきだが、生きようとする自分の意志、確かめようとする自分の疑問に対して、誰よりも忠実だったと言える。ただ一つ、至《し》極《ごく》投げやりに発した彼の言葉で、大仏開眼のときの呪願師《じゅがんし》だった律師道璿《どうせん》が、日本へ渡《わた》るきっかけを作った一つの事実を、作者は指し示す。

もう一人の玄朗は、唐土に着く前から弱音を吐《は》いていた、意志薄弱《いしはくじやく》の僧である。そして、あちらへ着くやいなや、「日本へ帰りたい……日本でなければ、日本人は金輪《こんりん》際《ざい》、本当に生きるといった生き方では生きることはできない」と言っている。だが運命は彼にとって皮肉にも、還俗《げんぞく》して唐の女と結婚し、子供を得、唐土に落着くという結果となった。

航海の困難は、留学僧たちに、海の底へ沈《しず》めてしまうだけのために、いたずらに知識を集めているのかも知れない、という深刻な不安を抱《いだ》かせている。このような状《じよう》況《きよう》に置かれた彼等の心事は、現在では想像を絶している。知識を得るということは、命がけのことであり、彼の星のさだめによる。だが、現在われわれがしている仕事といえども、結局徒労ではないのかという疑惑《ぎわく》は、つねにつきまとう。彼等は、無事日本へ持って帰れるかどうか、日本の国土に生かすことができるかどうか分らない知識のために、生涯《しようがい》を賭《か》けている。われわれといえども、自分の仕事が本当に根づくかどうか分らないという不安は、いつも存在する。彼等留学僧たちの心事は、またわれわれの心事でもあるのだ。

だから栄叡のように、知識を個のものとして考えず、それを持って日本へ帰るときも、「三人共別々の船に乗ればいいではないか。そしてどれか一艘《そう》が着けばいいのだ」と、至極割りきった考え方をしている者もある。一人々々が、日本に植えつけるべき海外の新知識のための捨石であり、そのなかの幸運な星にめぐまれたものが、知識を本当に将来することができると考える。

それに対して業行は、「自分で勉強しようと思って何年か潰《つぶ》してしまったのが失敗でした。……自分が幾《いく》ら勉強しても、たいしたことはないと早く判《わか》ればよかった」と言う。そしてだれにも会わず、一室に籠《こも》って、沢山の経文の書写をやり、それを日本へ運ぶという、より確実な方法を選ぶ。知識の運搬者《うんぱんしゃ》として自分を限定することで、自分の歴史的使命を果そうとする。数十年にわたる在唐生活のあいだに、彼の知っているところと言えば、幾つかの寺があるに過ぎず、筆写本の数だけが厖大《ぼうだい》なものになる。

行動人である栄叡も、その結論においては、業行と同じところに落着いている。すなわち、自分の知識の完成を断念して、日本に初めての戒師《かいし》として、高僧鑒真を招くという自分に課せられた仕事を仕遂《しと》げることで、その歴史的使命を果そうとする。だが栄叡が、鑒真を日本へ送ろうとする困難のさなかに病死したことは、さきに引いた『続日本紀』の記事の通りである。業行も、帰りの航海で、自分が数十年のあいだに写したおびただしい経文とともに、海底に沈んでしまう。この個所は、感動的である。巻物が一巻ずつ潮の中へ落下し、海底へ消えてゆくのを、普照は夢《ゆめ》とも現実ともなく見、業行の叫《さけ》びを耳にしながら、そこには「もう決して取り返すことのできないある確実な喪失感《そうしつ》があった」と感じる。ここには作者自身の、あるいは他の偶然《ぐうぜん》によって別の方向を取ったかも知れなかった歴史の流れに対する感慨《かんがい》が籠《こ》められている。安藤教授は言う、「ことに業行が熱中して写した厖大な経巻が『秘密部』、すなわち密教の経巻や儀軌《ぎき》類であって、若《も》しこれらの経巻が海難のために覆没《ふくぼつ》の厄《やく》に遭《あ》わなかったなら、日本は弘法大師《こうぼうだいし》以前に、すでに正式な密教を持ち得たろうとしたことは、まことに玄人《くろうと》っぽい設定で、ここらは生半可《なまはんか》な「調べた小説」などでは書けることではありません。」(「『天平の甍』をめぐって」)

とすれば、業行の事業は、より壮大《そうだい》な規模で、次代の空海に受継《うけつ》がれていることになる。一方、栄叡の事業は、協力者であった普照によって完遂《かんすい》される。鑒真を招くことに栄叡ほどの情熱も行動力も持たず、その熱意に引きずられていたに過ぎなかった普照が、結局鑒真を伴《ともな》って、日本へ帰ることに成功する。業行ほど歳月《さいげつ》と熱意をかけたわけでもない幾許《いくばく》かの写経とともにである。もっとも平凡《へいぼん》であるが、かならずしも意志薄弱でなく、自分の運命にもっとも抗《あらが》うことの少なかった普照の成功に、氏はことに深い感慨を託《たく》しているようである。普照がこの小説の主人公に選ばれている所以《ゆえん》である。

もう一人、一寸《ちょっと》出てくるだけだが、景雲という僧が興味がある。普照等が乗って来た船で、真備・仲麻呂・玄昉等とともに、帰国しようとしている。彼は三十年前に、三論《さんろん》と法相《ほっそう》を学ぶために入唐したのだが、三十年唐に遊んでたいした面白《おもしろ》いことにも出逢《であ》わなかった、持ち帰るものは「この身一つです」と言っている。だれもが「なんとかものになって」帰って行くのに、彼ひとり、ものにならないで帰って行く。経典一つ持ち帰ろうという意志はない。だが、若い留学僧の眼《め》には、彼の姿が「哀《あわ》れに愚《おろ》かに」見えようとも、彼もまた、だれにも伝えようのない経験、あるいは心の秘密を、持っているのに違いない。『僧行賀の涙』における行賀と同じ孤独者《こどくしゃ》の姿を、作者はそこに想《おも》い描いているのだ。

『唐大和上東征伝』を、井上氏は裏返しにして、鑒真来朝という日本の文化史上・思想史上のれっきとした事件の立てた波に、木の葉のように翻弄《ほんろう》される普照等五人の僧の姿を、それぞれ鮮《あざや》かなイメージとして定着した。彼等一人々々の青年時代の理想は挫折《ざせつ》しても、それぞれ自分の運命を貫いて、一筋に生きた姿が見事に辿《たど》られている。その背後にある鑒真という大きな存在は、その存在感の確かさにもかかわらず、個性的に描かれているわけでない。大仏の像を前にした、小さな五人の僧たちの姿といった感じである。鑒真という大きな姿を史上に齎らすために、それぞれの過程的な役割を果して、悠久《ゆうきゅう》の歴史の流れに消え去ったのが彼等である。この場合、氏の筆致《ひっち》は、歴史を書くような冷静さで、遠景に小さく、蟻《あり》のような彼等の姿を捕《とら》える。何かの爪《つめ》跡《あと》を残して、すべては流れ去るといった感慨が、あとに残るのである。

（昭和三十九年三月、評論家）

この作品は昭和三十二年十二月中央公論社より刊行された。

井上靖著

猟銃・闘牛

芥川賞受賞

ひとりの男の十三年間にわたる不倫の恋を、妻・愛人・愛人の娘の三通の手紙によって浮彫りにした「猟銃」、芥川賞の「闘牛」等、3編。

井上靖著

敦煌（とんこう）

毎日芸術賞受賞

無数の宝典をその砂中に秘した辺境の要衝の町敦煌——西域に惹かれた一人の若者のあとを追いながら、中国の秘史を綴る歴史大作。

井上靖著

あすなろ物語

あすは檜になろうと念願しながら、永遠に檜にはなれない〝あすなろ〟の木に託して、幼年期から壮年までの感受性の劇を謳った長編。

井上靖著

風林火山

知略縦横の軍師として信玄に仕える山本勘助が、秘かに慕う信玄の側室由布姫。風林火山の旗のもと、川中島の合戦は目前に迫る……。

井上靖著

氷壁

奥穂高に挑んだ小坂乙彦は、切れるはずのないザイルが切れて墜死した——恋愛と男同士の友情がドラマチックにくり広げられる長編。

井上靖著

しろばんば

野草の匂いと陽光のみなぎる、伊豆湯ヶ島の自然のなかで幼い魂はいかに成長していったか。著者自身の少年時代を描いた自伝小説。

井上靖著

蒼き狼

全蒙古を統一し、ヨーロッパへの大遠征をも企てたアジアの英雄チンギスカン。闘争に明け暮れた彼のあくなき征服欲の秘密を探る。

井上靖著

楼（ろうらん）蘭

朔風吹き荒れ流砂舞う中国の辺境西域——その湖のほとりに忽然と消え去った一小国の運命を探る「楼蘭」等12編を収めた歴史小説。

井上靖著

風（ふうとう）濤

読売文学賞受賞

朝鮮半島を蹂躙してはるかに日本をうかがう強大国元の帝フビライ。その強力な膝下に隠忍する高麗の苦難の歴史を重厚な筆に描く。

井上靖著

額田女王《ぬかたのおおきみ》

天智、天武両帝の愛をうけ、〝紫草《むらさき》のにほへる妹〟とうたわれた万葉随一の才媛、額田女王の劇的な生涯を綴り、古代人の心を探る。

井上靖著

後白河院

武門・公卿の覇権争いが激化した平安末期に、権謀術数を駆使し政治を巧みに操り続けた後白河院。側近が語るその謎多き肖像とは。

井上靖著

幼き日のこと・青春放浪

血のつながらない祖母と過した幼年時代——なつかしい昔を愛惜の念をこめて描く「幼き日のこと」他、「青春放浪」「私の自己形成史」。

井上靖著
夏《なつ》草《ぐさ》冬《ふゆ》濤《なみ》（上・下）
両親と離れて暮す洪作が友達や上級生との友情の中で明るく成長する青春の姿を体験をもとに描く、『しろばんば』につづく自伝的長編。

井上靖著
孔子
野間文芸賞受賞
戦乱の春秋末期に生きた孔子の人間像を描く。現代にも通ずる「乱世を生きる知恵」を提示した著者最後の歴史長編。野間文芸賞受賞作。

井上靖著
北の海（上・下）
高校受験に失敗しながら勉強もせず、柔道の稽古に明け暮れた青春の日々——若き日の自由奔放な生活を鎮魂の思いをこめて描く長編。

井伏鱒二著
山《さん》椒《しょう》魚《うお》
大きくなりすぎて岩屋の棲家から永久に外へ出られなくなった山椒魚の狼狽をユーモア漂う筆で描く処女作「山椒魚」など初期作品12編。

井伏鱒二著
黒い雨
野間文芸賞受賞
一瞬の閃光に街は焼けくずれ、放射能の雨の中を人々はさまよい歩く……罪なき広島市民が負った原爆の悲劇の実相を精緻に描く名作。

井伏鱒二著
さざなみ軍記・ジョン万次郎漂流記
直木賞受賞
都を追われて瀬戸内海を転戦するなま若い平家の公達の胸中や、数奇な運命に翻弄される少年漁夫の行末等、著者会心の歴史名作集。

遠藤周作著　侍　野間文芸賞受賞

藩主の命を受け、海を渡った遣欧使節「侍」。政治の渦に巻きこまれ、歴史の闇に消えていった男の生を通して人生と信仰の意味を問う。

酒見賢一著　後宮小説　日本ファンタジーノベル大賞受賞

後宮入りした田舎娘の銀河。奇妙な後宮教育の後、みごと正妃となったが……。中国の架空王朝を舞台に描く奇想天外な物語。

宮城谷昌光著　史記の風景

中国歴史小説屈指の名手が、『史記』に溢れる人間の英知を探り、高名な成句、熟語のルーツをたどりながら、斬新な解釈を提示する。

吉村昭著　彰義隊

皇族でありながら朝敵となった上野寛永寺山主の輪王寺宮能久親王。その数奇なる人生を通して江戸時代の終焉を描く畢生の歴史文学。

吉村昭著　天に遊ぶ

日常生活の劇的な一瞬を切り取ることで、言葉には出来ない微妙な人間心理を浮き彫りにしてゆく、まさに名人芸の掌編小説21編。

吉村昭著　冬の鷹

「解体新書」をめぐって、世間の名声を博す杉田玄白とは対照的に、終始地道な訳業に専心、孤高の晩年を貫いた前野良沢の姿を描く。

# 天《てん》平《ぴょう》の甍《いらか》

新潮文庫　い-7-11

昭和三十九年三月二十日　発　行
平成十七年八月十日　九十二刷改版
令和　七　年九月二十日　百二十一刷

著　者　井《いの》上《うえ》　靖《やすし》

発行者　佐藤隆信
発行所　株式会社　新潮社
郵便番号　一六二―八七一一
東京都新宿区矢来町七一
電話　編集部(〇三)三二六六―五四四〇
　　　読者係(〇三)三二六六―五一一一
https://www.shinchosha.co.jp

価格はカバーに表示してあります。

乱丁・落丁本は、ご面倒ですが小社読者係宛ご送付ください。送料小社負担にてお取替えいたします。

印刷・大日本印刷株式会社　製本・加藤製本株式会社



ISBN978-4-10-106311-9　C0193